THEATERBIBLIOTHEK

Spielplatz 30

Fünf Debüts fürs Kindertheater
von Marc Becker, Sigrid Behrens,
Finn-Ole Heinrich, Nora Mansmann
und Roland Schimmelpfennig

Herausgegeben von Henning Fangauf
und Thomas Maagh

VERLAG DER AUTOREN
Der Verlag der Autoren gehört den Autoren des Verlages

Diese Publikation wurde im Rahmen von ›Nah dran! Neue Stücke für das Kindertheater‹, ein Kooperationsprojekt des Kinder- und Jugendtheaterzentrums in der Bundesrepublik Deutschland und des Deutschen Literaturfonds e.V., mit Mitteln der Bundesbeauftragten des Bundes für Kultur und Medien gefördert.

Bibliografische Informationen der Deutschen Nationalbibliothek
Die Deutsche Nationalbibliothek verzeichnet diese Publikation in der Deutschen Nationalbibliografie; detaillierte bibliografische Daten sind im Internet unter http: / / dnb.dnb.de abrufbar.

1. Auflage 2017

Verlag der Autoren GmbH & Co. KG
Taunusstraße 19, 60329 Frankfurt am Main
Telefon: 069 23 85 74-20, Fax: 069 24 27 76 44
E-Mail: theater@verlagderautoren.de
www.verlagderautoren.de

Satz: Maintypo, Reutlingen
Umschlaggestaltung: Moni Port, Philip Waechter, Frankfurt am Main
Druck: betz-druck GmbH, Darmstadt

Printed in Germany
ISBN 978-3-88661-382-3

Spielplatz 30

Inhalt

Vorwort 7

Marc Becker Die Glücksforscher 17

Sigrid Behrens Anfall und Ente 49

Finn-Ole Heinrich Die Reise zum Mittelpunkt des Waldes 95

Nora Mansmann fuchs & freund 137

Roland Schimmelpfennig Die Biene im Kopf 157

Anhang:
Den Kindern auf der Spur.
Interviews mit den Autorinnen und Autoren 199

Die Autoren des Bandes 208

Vorwort

Allem Anfang wohnt ein Zauber inne. Das gilt auch für das Schreiben und, enger gefasst, für das dramatische Schreiben. Erste Stücke junger Autoren heißen gerne DANTONS TOD, BAAL oder PUBLIKUMSBESCHIMPFUNG. Sie haben etwas Kraftvolles, zuweilen auch Ungefüges. Denn an Lebens- und Schreiberfahrung mangelt es den Autoren nicht selten noch. So kann es passieren, dass diesen Texten »Weisheit« fehlt, wie Brecht rückblickend bei »Durchsicht meiner ersten Stücke« bemerkte.

Was aber, wenn Autoren sich auf ungewohntes Terrain begeben? Wenn sie, mit Möglichkeiten und Tücken der Bühne vertraut, einen Neuanfang wagen? Dies geschieht – unter anderem – immer dann, wenn arrivierte Autoren des Erwachsenentheaters zum ersten Mal ein Stück für Kinder schreiben. Das Handwerkliche gleicht sich, und ist doch verschieden. Denn das Publikum ist ein anderes: ehrlicher, sagen die einen, kritischer, die anderen, schwerer zu fesseln und zu bändigen, wieder andere. Auch Erzählkonventionen und Produktionsbedingungen unterscheiden sich.

Schreibende für das Kindertheater zu begeistern, das leistet seit 2009 kontinuierlich »Nah dran«, ein Kooperationsprojekt des Kinder- und Jugendtheaterzentrums in der Bundesrepublik Deutschland und des Deutschen Literaturfonds e.V. mit Mitteln der Bundesbeauftragten für Kultur und Medien. In sieben Jahren wurden Stückaufträge an 24 Autorinnen und Autoren vermittelt, verbunden mit anschließenden Uraufführungen. Auch vier der fünf hier versammelten Stücke verdanken ihre Entstehung dem Projekt »Nah dran«: ANFALL UND ENTE von Sigrid Behrens, DIE GLÜCKSFORSCHER von Marc Becker, DIE REISE ZUM MITTELPUNKT DES WALDES von Finn-Ole Heinrich und FUCHS & FREUND von Nora Mansmann. Ergänzt werden sie in diesem

Band um den Text DIE BIENE IM KOPF von Roland Schimmelpfennig. Zusammengenommen sind es fünf Debüts fürs Kindertheater.

Theatergeschichtlich betrachtet, hat es zu verschiedenen Zeiten auch unterschiedliche Gründe dafür gegeben, warum sich Autoren dem Kinder- und Jugendtheater zuwenden. Einige Schlaglichter:

Anfang des 20. Jahrhunderts konstituierte sich insbesondere in Russland ein avanciertes Kindertheater. Inmitten repressiver staatlicher Strukturen wich Daniil Charms mit ELIZAVETA BAM (1928) bewusst aufs Kindertheater aus, um der Zensur zu entgehen. Inspiriert von der russischen Theateravantgarde wiederum entwickelte hierzulande Walter Benjamin sein *Programm eines proletarischen Kindertheaters* (1929). In dieselbe Zeit fielen Bertolt Brechts Lehrstücke, die in der Regel für Schulen konzipiert waren.

Nach dem Zweiten Weltkrieg machte die sogenannte »Nationalliteratur« der DDR, anders als zur selben Zeit in Westdeutschland, keinen Unterschied zwischen einer Dramatik für Erwachsene oder für Kinder. Renommierte, auch im Bereich des Theaters für Erwachsene arbeitende Dramatiker, wie Thomas Brasch oder Lothar Trolle, Stefan Heym und Peter Hacks schrieben für das Kinder- und Jugendtheater der DDR.

In den 1970er Jahren dann entwickelte sich aus der antiautoritären Bewegung heraus ein Interesse auch und gerade für das Kindertheater. Der emanzipatorische Anspruch, der sich mit Theater verband, führte dazu, sich eben den Zuschauern zuzuwenden, die die gesellschaftliche Zukunft repräsentieren: der nachwachsenden Generation. Einige Autoren schrieben von sich aus erste Stücke für Kinder; andere, wie F.K. Waechter, erhielten entsprechende Aufträge. Waechter, durch sein Kinderbuch WIR KÖNNEN NOCH VIEL ZUSAMMEN MACHEN bekannt geworden, entwickelte so für die »experimenta 5« in Frankfurt sein Kindertheaterdebüt SCHULE MIT CLOWNS (1975). Eine parallele Entwicklung gab es im Bereich des Kinderhörspiels, für das Autoren wie Hans Magnus Enzensberger, Urs Widmer, Günter Bruno Fuchs oder Christoph Meckel in den siebziger Jahren erste Texte beisteuerten.

Bei diesem geschichtlichen Rückblick lohnt es sich, kurz nach Schweden zu schauen. Dort boten Ende der 70er Jahre die meisten öffentlichen Theater, auch die größten und anerkanntesten, über das Jahr verteilt Aufführungen nicht nur für Erwachsene, sondern auch für Kinder und Jugendliche an; ein und dasselbe Ensemble spielte folglich für beide Sparten. »Viele Stücke wurden von Mitgliedern der Ensembles geschrieben (Staffan Göthe, Birgit Hageby, Suzanne Osten und Per Lysander und viele andere), so dass es auch beim Schreiben von vornherein keine ursächliche Trennung zwischen Kinder- und Erwachsenentheater gab«, so Dirk Fröse, Übersetzer und Experte für schwedische Dramatik.

Zurück nach Deutschland. Die Grenze zwischen Jugend- und Erwachsenentheater ist auch bei uns längst fließend geworden. Stücke, die ursprünglich für den Abendspielplan entwickelt wurden, finden sich ebenso im Programm von Jugendtheatern wieder. Im Kindertheater dagegen bildete sich erst nach und nach ein Repertoire an neuen, eigenständigen literarischen Texten. *Spielplatz 10* stellte fünfzehn von ihnen vor. Doch war es auch damals, 1997, eher die Ausnahme, wenn eine namhafte Schriftstellerin wie Ursula Krechel mit ICH GLAUB, MICH TRITT EIN MEERSCHWEIN im Kindertheater debütierte.

Nun, zwanzig Jahre später – und wieder zu einem runden Jubiläum der Anthologie *Spielplatz* – hat sich die Situation spürbar verändert. In jüngerer Vergangenheit haben vermehrt Autoren erste Stücke für Kinder vorgelegt. Neben den Beiträgern für diesen Band seien beispielhaft genannt:

Sibylle Berg (Mein ziemlich seltsamer Freund Walter, 2014), Werner Fritsch (Der singende Draht, 2015, zusammen mit Judith Fritsch), Lothar Kittstein (Zu Besuch, 2007; Noah, 2017), Philipp Löhle (Peterchens Mondfahrt, 2014), Armin Petras (kreidekreis, 2015, zusammen mit Lara Kugelmann) oder auch Yoko Tawada (Mein kleiner Zeh war ein Wort, 2011, abgedruckt in: *Spielplatz 25*). Hinzu kommen Kinderbuchdebüts wie Konstantin im Wörterwald von Martin Heckmanns (mixtvision Verlag 2014), Goldkind von Eva Rottmann (mixtvision Verlag 2015) oder Schlafen Fische von Jens Raschke (mixtvision Verlag 2017).

Doch was ist heute der konkrete Anlass für Autorinnen und Autoren, sich, nach einigen Jahren des Schreibens, einem jungen Publikum zuzuwenden? Welche Probleme können dabei auftreten, welche – positiven oder negativen – Überraschungen erleben sie beim Verfassen der Stücke, wie auch später beim Besuch der Aufführungen? Und umgekehrt: Welche Innovationen tragen Autoren aus dem Erwachsenen- in das Heranwachsenden-Theater hinein? Welche neuen Inhalte und Formen? Diesen Fragen geht der vorliegende Band nach – einerseits in Gestalt der Stücktexte selbst, andererseits in Form von Stellungnahmen der beteiligten Autorinnen und Autoren, die sich, neben biobibliographischen Angaben, im Anhang finden. Die mit dem Debüt-Charakter verbundenen Momente des Aufbruchs und der Neugier mag dabei, wer möchte, in den Stücken selbst gespiegelt sehen: in Motiven des Schulanfangs (Mansmann), der Reise (Behrens, Heinrich, Schimmelpfennig), des Spiels (Schimmelpfennig) und/oder Forschens (Becker, Heinrich).

Die Frage, was Glück ist, und wie man es erreicht, legt Marc Becker seinem Stück für Kinder ab 8 Jahren, Die Glücksforscher, zugrunde. In der »Zentrale für Glücksforschung«

bleibt es aber nicht bei trockener Wissenschaft. Die beiden Titelfiguren Didi und Franzi sind eben nicht nur Forscher, sondern, wie sich bald zeigt, auch mit allen Wassern des Entertainments gewaschen. Und schließlich mischt sich unter ihre flotten Dialoge eine gehörige Portion Tiefsinn.
Mithin fügt Marc Becker gleich mehrere, fürs Kindertheater eher untypische Elemente zusammen: ein Laboratorium als Grundsituation, die Reihendramaturgie des Revuetheaters und die philosophische Frage nach der eudaimonie, der gelungenen Lebensführung – allesamt Elemente, die der Autor schon in seinen Stücken für Erwachsene verwendet und verfeinert hat. So gelingt ihm in den GLÜCKSFORSCHERN, »philosophische Gedanken in einer kindgerechten Sprache, mit viel Spaß und Leichtigkeit darzustellen, ohne lehrerhaft den Zeigefinger zu erheben«, wie die *Nordwest-Zeitung* angesichts der Uraufführung am Oldenburgischen Staatstheater, in Eigenregie des Autors, bemerkte.
Für Zuschauer ab 5 Jahren hat die Künstlerin, Prosaautorin und Dramatikerin Sigrid Behrens ANFALL UND ENTE geschrieben. Vorderhand geht es darin um die Begegnung zweier sehr unterschiedlicher Figuren: Ente ist am liebsten bei sich. Zusammen mit ihrem Kuscheltier Hundi dümpelt sie auf ihrem Wasser, als schmore sie in ihrem eigenen Saft. Anfall dagegen ist unternehmungslustig, kennt Gott und die Welt, kommt viel herum. Vergeblich versucht er, Ente zu gemeinsamen Unternehmungen zu bewegen. Das ändert sich, als Hundi plötzlich verschwindet. Nun begeben sich die beiden Freunde auf die Suche.
Soweit erzählt Behrens' Stück von Selbstüberwindung und Aufbruch ins Ungewisse, aber auch von Freundschaft und Abenteuer. Die auf den ersten Blick einfache Handlung jedoch hat es, genau besehen, durchaus in sich: Ist Hundi einfach davongelaufen? Oder hatte Anfall seine Finger im Spiel? Ist Hundi gar gestorben? Damit gewinnt der Text

tiefere Bedeutungsschichten, auf die schon Titel und Vorbemerkung hindeuten: Letztlich geht es um Leben und Tod, um Abschied und Trost. Dass der Text dennoch nicht schwer daherkommt, verdankt er Sprachwitz, Tempo- und Rhythmusgefühl seiner Autorin. Die für Mai 2017 geplante Uraufführung am Theater Konstanz inszeniert Ingo Putz, zudem ist das Stück zum Heidelberger Stückemarkt 2017 eingeladen.

Einem breiteren Publikum ist Finn-Ole Heinrich durch sein Romandebüt RÄUBERHÄNDE (mairisch Verlag 2007) bekannt. Auch seinem ersten genuinen Kinderstück DIE REISE ZUM MITTELPUNKT DES WALDES merkt man den versierten Erzähler an, und das nicht nur, weil es – als Monolog – der Prosa durchaus verwandt ist. Mit großer Fabulierlust und in schnoddrig-schönen Sätzen nehmen Heinrich und sein Protagonist, der Forscher Markus Michalik, ihr Publikum ab 8 Jahren mit auf Expedition. Deren Ziel ist es, den sagenumwobenen »Reuber« aufzuspüren, der tief im Wald hausen soll, und von dem es heißt, dass noch niemand ihn zu Gesicht bekommen habe. Selbstredend wird sich dies im Verlauf der Geschichte, deren Titel nicht umsonst an Jules Verne denken lässt, ändern.

Doch wenn Finn-Ole Heinrich seine Zuschauer dem Reuber begegnen lässt, so besteht der Clou des Stückes darin, dass der Erzähler dem Publikum seinerseits zum Reuber wird, und folglich die Bühne zum Wald, und in einem letzten Schritt die Theateraufführung selbst zu jenem flüchtigen Moment, da der Reuber erfahrbar wird. Bereits die Titelei legt eine Fährte zu dieser Schlusspointe, lässt der Untertitel »Monolog für einen Reuber« doch auf wundersame Weise Subjekt und Objekt der Expedition, Forscher und Reuber, verschmelzen. Die Uraufführung fand 2015 als Koproduktion von Württembergischer Landesbühne Esslingen und Theater Freiburg (Regie: Benedikt Grubel) statt.

Ebenso wie Finn-Ole Heinrich wurde Nora Mansmann mit ihrem ersten Kinderstück FUCHS & FREUND für den renommierten Mülheimer KinderStückePreis 2016 nominiert. Der Text für Kinder ab 6 Jahren erzählt vom Anderssein, von sensibler Wahrnehmung (»overexcitability«) und dem Umgang damit: Fuchs ist sechs Jahre alt. Fuchs kann schon schreiben. Fuchs hat Phantasie. Fuchs stellt Fragen, zum Beispiel: »was passiert wenn die Schwerkraft plötzlich aufhört«? Fuchs kann (vielleicht) fliegen. Fuchs kommt in die Schule. Da klarzukommen ist gar nicht so einfach, denn die Schule ist anders. Sie ist laut. Sie ist voll von Kindern, die finden, dass Fuchs irgendwie komisch ist. Aber da ist auch einer, der es gar nicht schlimm findet, wenn jemand ein bisschen anders tickt. Und der gerne Fuchs' Freund wäre.
Wie auch Mansmanns Stücke für den Abendspielplan zeichnet sich FUCHS & FREUND durch eine stark rhythmisierte, musikalische Sprache aus. Das formale Bewusstsein für Klänge, Laute, Geräusche spiegelt sich hier zugleich inhaltlich in einer für akustische Eindrücke (über)empfänglichen Titelfigur. Diesen Aspekt hat die Uraufführung am tjg. theater junge generation in Dresden noch weiter bedient, indem Regisseur Bernd Sikora den Text als ›Geräuscheoper‹, als ›Theaterkonzert‹ inszenierte und »dem Kindertheater damit eine neue Form« erschloss, wie der Mülheimer Juror Thomas Irmer hervorhob.
Roland Schimmelpfennig schließlich schickt in DIE BIENE IM KOPF seine drei Darsteller und das Publikum auf eine Kopfreise. Sie verwandelt die Bühne nacheinander in Schlafzimmer, Wiese, Klassenraum, Nachhauseweg, und den Zuschauer abwechselnd in ein Schulkind und die titelgebende Biene. Spielerisch leicht wechselt das Stück zwischen den Ebenen von Realität, (Computer-)Spiel, Traum und Phantasie – und lässt die Grenzen dazwischen zusehends verschwimmen. Eine Hommage an die imagina-

tive Kraft der Phantasie und, nicht zuletzt, auch an die des Theaters selbst. Wie in seinen Stücken für Erwachsene erweist sich Schimmelpfennig dabei als Meister des magischen Realismus, der gekonnt Spiel- und Zeitebenen ineinander verschachtelt. Sein Kinderstück für drei Darsteller und ein Publikum ab 8 Jahren wurde im November 2016 am Consoltheater Gelsenkirchen in der Regie von Andrea Kramer uraufgeführt und ist wie DIE GLÜCKSFORSCHER für den Mülheimer KinderStückePreis nominiert.
Ausnahmslos in den letzten beiden Jahren entstanden, geben alle fünf in diesem Band versammelten Stücke dem gegenwärtigen Kindertheater neue Impulse. Der Umstand, dass die Texte aus anderen Schreibgewohnheiten heraus entstanden sind, mag dazu beitragen. Je nach künstlerischer Provenienz ihrer Verfasser fördern sie Aspekte des Performativen (Becker), des Sprachspielerisch-Musikalischen (Behrens, Mansmann), des Erzählerischen (Heinrich) oder des Phantastischen (Schimmelpfennig) zutage. Bleibt zu hoffen, dass auch künftig Autorinnen und Autoren die Möglichkeiten des Kindertheaters für sich entdecken – und zugleich erweitern.

Henning Fangauf und Thomas Maagh

Marc Becker

Die Glücksforscher

Theaterstück in acht Teilen für Kinder von acht bis 108

PERSONEN

DIDI
FRANZI

BÜHNE

Die Zentrale für Glücksforschung. Selbige sollte sehr schnell für den achten Teil in eine Märchenwelt verwandelt werden können.

1. Glück und Kekse

Musik.

DIDI Hallo. Ich bin die Franziska und heiße Dieter.
FRANZI Wie bitte?
DIDI Quatsch. Ich heiße Dieter und meine Freunde nennen mich Dieter … ich meine Didi.
FRANZI Hallo. Und ich bin die Franzi und heiße auch so.
DIDI Und wir arbeiten hier in der Zentrale für Glücksforschung. Heute ist also ein Glückstag!
FRANZI Denn Glücklichsein ist super!
DIDI Richtig! Wer nicht weiß, was Glück ist, eine kleine Einführung: Glück ist zum Beispiel, wenn dir ein Vogel knapp neben den Kopf kackt. Knapp vorbei, Glück gehabt. Zufallsglück, super!
FRANZI Und Glück ist, wenn man einen Ball in die Dornen schießt und der nicht kaputt geht. Super!
DIDI Toooor! Der Torschrei beim Fußball ist lautes Glück. Super!
FRANZI Einen Papierflieger basteln ist stilles Glück. Super!
DIDI Glück ist, auf einen hohen Baum zu klettern und nicht runterzufallen. Super!
FRANZI Und Glück ist, wenn man beim Kartenspielen gewinnt. Super!
DIDI Oder beim Quatschmachen nicht erwischt wird. Super!
FRANZI Oder mit Oma Karussellfahren gehen. Super!
DIDI Oder eine Figur im Überraschungsei finden. Super!
FRANZI Oder einen leckeren Kuchen backen. Super!
DIDI Oder wenn man am Strand eine schöne Muschel findet. Auch super!
FRANZI Glück ist eine Riesenportion Pommes, wenn man hungrig ist.

DIDI Nein, Glück ist ein Schokoladenpudding.

FRANZI Okay, Glück ist eine Riesenportion Pommes als Vorspeise und danach dann Schokoladenpudding,

DIDI Und dazu noch Kakao.

FRANZI Und viel zu viel Ketchup.

DIDI Glück ist, wenn man Klebstoff hat, wenn man was kleben will.

FRANZI Oder wenn es an der Tür klingelt und ein grünes Nilpferd kommt zu Besuch.

DIDI Glück ist, wenn man ganz, ganz viele Hausaufgaben machen muss ... igitt, bah, iiiihh, nee! Glück ist, wenn man mit den Hausaufgaben fertig ist.

FRANZI Glück ist, wenn man zufrieden ist, wenn man sich gut fühlt, wenn man denkt: Wie schön, dass ich lebe.

DIDI Aber es gibt noch anderes Glück: das Glück der Kekse. Glückskekse. Die sagen alles, was man über das Glück wissen muss.

FRANZI Genau. Ich habe hier einen Glückskeks und den esse ich jetzt und dann wissen wir Bescheid und dann ist das Glück, äh das Stück vorbei. *Öffnet die Keksverpackung, steckt sich den Keks in den Mund.* Nam nam, naja, upps, Moment, ganz vergessen, da ist ja immer so ein Zettel mit einem Sprüchlein drin ... Mist, ich habe ihn verschluckt. Jetzt habe ich einen Glücksspruch im Magen, ich Dummi. Zu blöd, dass ich im Bauch keine Augen habe ... und Bauchreden kann ich auch nicht, falls mein Magen im Dunkeln lesen kann. Hm. Also noch ein Keks ... und diesmal ... *Sie pult sich einen großen Zettel aus dem Mund.* Also, wenn man über das Glück forschen will, muss man einen Glückskeks essen, lesen was auf dem Zettel steht und dann weiß man alles, was man ... Was steht da? Jetzt wird es hochdramatisch: Tatatata!

DIDI Das ist so spannend, ich halte es kaum aus. Los, sag schon, sag schon, sag schon!

FRANZI Höre denn, Welt: »Dies, das, Ananas.«

DIDI Bitte was?

FRANZI »Dies, das, Ananas.«

DIDI Äh. Ja. »Dies, das, Ananas.« – Okay, super rumgeforscht. Großartig! Jetzt wissen wir also Bescheid! Glück ist: »Dies, das, Ananas.« Musik! Schön, dass ihr alle hier wart, kommt gut nach Hause, passt auf euch auf, auf Wiedersehen, »Dies, das, Ananas«, euer Didi und eure …

FRANZI Franzi. Aber naja. Moment, Moment. Ich muss zugeben: »Dies, das, Adidas äh Anninuss äh Ananas« ist jetzt nicht ganz so … Wie soll ich sagen …

DIDI »Dies, das, Ananas« ist doch großartig. Aber wenn du meinst, dass »Dies, das, Ananas« nicht … gut, dann müssen wir eben … *Zum Publikum.* Wartet mal, Jacken wieder ausziehen, ja Benno und Lisa, ihr auch … ich habe, habe, habe, wo sind sie denn, im Laufe der Zeit auch so einige Glückssprüche gesammelt, ja wo sind sie denn, ja wo … auch wenn ich zugeben muss, dass ich die Kekse nicht gegessen habe, weil die echt fies schmecken, die habe ich immer den Nachbarkindern geschenkt und die haben damit dann ihre Hamster vergiftet, ich meine gefüttert. Nein. Wo in diesem Chaos hier, ah … *Holt eine kleine Kiste mit Zetteln hervor.* So, da ist sie ja. Los geht's! Höre, Welt! *Liest ein paar Sprüche vor*:

»Duschen zu zweit spart Wasser und Zeit.« (Südchinesisches Sprichwort)

»Popel sind das Gold der Nase.« (Japanische Weisheit)

»Geld allein macht nicht unglücklich.« (Erwin Euro)

»Der Weg steht im Weg.«

FRANZI Naja.

DIDI »Freunde sind wichtiger als Autobahnen.«

FRANZI Hä?

DIDI »Wer Aa sagt, muss auch Pipi sagen.«

FRANZI Quatsch.

DIDI »Glück ist eins Vogel die hinkackt wo ihm so das wollen tutet.« – Tja, da hatte der Übersetzer wahrscheinlich gerade einen ganz schlechten Tag.
»Im Keksteig war Gift drin.«

FRANZI Ach du meine Güte … *Sinkt zu Boden.*

DIDI Franzi? *Geht zu ihr.* Alles in Ordnung?

FRANZI *springt auf* Okay, lies weiter!

DIDI Sehr witzig. »Wenn du glaubst, dass du eine wertvolle Lebensweisheit auf einem kleinen Zettel in einem ollen Glückskeks findest, hast du einen an der Waffel.«

FRANZI Auch nicht viel besser als: »Dies, das, Ananas.«

DIDI Ah, warte, Franzi, hier kommt noch einer: »Glück kann man nicht kaufen, man kann es sich jedoch herbeidenken.« Hm. *Blättert in einem Buch.*

FRANZI Ja, dann mach mal, ne. Denk dir mal dein Glück herbei, ne. Viel Spaß. Nee, wir müssen das wohl anders … anders forschi rumforschen. Doch noch nicht fertig für heute. Ah. Ich hab's: Idee. Na klar: Tante Rosi! Wer sonst. Ich rufe Tante Rosi an und dann wissen wir, was wir wissen müssen. Tante Rosi ist sehr alt, ungefähr so um die 2000 Jahre, damals gab es noch keine Fahrräder, Tante Rosi ist noch auf einem Dinosaurier zur Schule geritten, die hat so viel erlebt, die lacht oft laut und dreckig, die muss wissen, was Glück ist und wie man … und was …

2. Anruf bei Tante Rosi

FRANZI *tippt eine Nummer, wartet kurz* Na komm schon, Tante Rosi, heb ab. Ich hoffe, die sitzt jetzt nicht gerade auf dem Klo und liest »Tibi und Bina« … Hallo? Ah, super, du bist da, hallo Tante Rosi, hier ist die Franzi, ich, du, ich, du, ich, du, ich sitze hier gerade mit dem Didi und …

DIDI *flüstert, blättert dann weiter in einem Buch* Schöne Grüße!

FRANZI Ja, ich soll dir vom Didi schöne Grüße ausrichten, Gruß zurück, Didi, also Didi, äh Tante Rosi, ich wollte dich, wir sind jetzt, wir forschi forschen gerade, und ich wollte dich fragen, was dich glücklich macht und was das Glück ... Ah, du sitzt auf dem Klo, na sowas, ja, schön, »Tibi und Bina«, hab ich mir gedacht, äh, egal, also ich wollte dich ... wie bitte ... ja genau ... Und ... aha ... ja ... ja ... aha ... ah aha ... nee, obwohl ... aha ... aha aha mh ja aha aha aha ... so so ... mm ... ja ... verstehe, nee, obwohl ...

DIDI Was sagt Tante Rosi denn?

FRANZI Warte, Didi. Ja. Ohohaha, mm ja, gut, sehr gut ... ja, das werde ich gleich mal ... Ich danke dir und wünsche noch viel Spaß auf dem Klo. Ja. Bis bald. Und Händewaschen nicht vergessen. Tschüssi, Tanti Rosi. *Legt auf.*

DIDI Na und? Sag schon!

FRANZI Ja, also sie hat gesagt ... du hast übrigens sehr schöne Ohrläppchen.

DIDI Häh? Findest du? Schöne Ohrläppchen, das hat noch nie jemand zu mir gesagt.

FRANZI Dann war es jetzt aber mal allerhöchste Zeit.

DIDI Okay, danke. Und was hat Tante Rosi ...

FRANZI Und dein Lächeln ist sehr niedlich und total ansteckend. Schau mal, ich muss auch lächeln, wenn du ...

DIDI Äh, danke. Also jetzt sag ...

FRANZI Deine Hose gefällt mir übrigens sehr gut – habe ich das schon gesagt?

DIDI Nein.

FRANZI Die ist so, wie soll ich sagen, so mit der Farbe, dem Stoff und den Knöpfen ... das ist toll. Eine superschicke Hose!

DIDI Danke. Und was hat ...

FRANZI Mh, du riechst aber richtig lecker heute, knackig,

zum Anbeißen ... Ham, ham! Du erinnerst mich an Brathering mit Pellkartoffeln und Knoblauchsauce ...

DIDI Lass! Ist ja gut jetzt.

FRANZI Und du sagst immer so schlaue Sachen. Deine Worte – pures Gold! Ach Didi, es ist schön, dass es dich gibt!

DIDI Ja, das finde ich auch. Aber jetzt sag mir endlich, was dir Tante Rosi vom Klo aus gesagt hat!

FRANZI Genau das. Bist du jetzt grad glücklich?

DIDI Warum sollte ich?

FRANZI Na. Tante Rosi hat gesagt: Komplimente machen glücklich.

DIDI Nein. Kann schon sein. Ja, vielleicht. Aber deine Komplimente waren nur so daher gesagt, total unglaubwürdig und von daher ...

FRANZI Dann lass dich wenigstens umarmen und zärtlich küssen. *Sie bestürmt Didi.* Geküsstwerden macht auch glücklich.

DIDI Igitti! Das muss nicht sein. Ich mag Küsse zwar, aber ich muss dann immer an meine dicke Tante Berta denken. Die dicke Tante Berta hat mich früher immer total laut und nass auf die Wange geknutscht. Das klang etwa so: Pftrischkkkcchhhh! Lange Schleimfäden. Danach habe ich mir immer heimlich mit dem Ärmel den ganzen Ekelsabber weggewischt.

FRANZI Ich wollte dich nicht ansabbern. Ich wollte nur, dass du ...

DIDI Nee, lass mal, jetzt grad mal nicht.

FRANZI *etwas traurig* Ich wollte dir doch nur eine Freude machen, damit du ...

DIDI Ja, ja, schon in Ordnung, Och Franzi, nicht traurig sein ... hat total geklappt, ich bin total irgendwie so halt eben ...

FRANZI *noch trauriger* Komplimente und kleine Aufmerksamkeiten hat Tante Rosi gesagt: Blumen, Schokolade … ich würde dir so gerne jetzt etwas schenken, aber ich weiß grad nicht was.

3. Das Geschenk

DIDI Jetzt beruhige dich mal wieder. Ah, habe ich ja ganz vergessen, ich habe etwas für dich vorbereitet.

FRANZI Für mich? Oh, was denn?

DIDI Eine Überraschung.

FRANZI Wirklich? Das ist ja mal 'ne Überraschung.

DIDI Schenken macht Freude, heißt es. Und da dachte ich … das sollten wir doch gleich mal hier überprüfen. Wo ist es denn? Ah! *Überreicht ihr ein Geschenk.* Hoppsassa trallala! Hier. Bitte sehr!

FRANZI Oh, wow, vielen Dank. Damit habe ich ja nun überhaupt nicht gerechnet, dass du mir jetzt, hier … ich habe heute doch gar nicht Geburtstag.

DIDI Geschenkemachen und Feiern und Sich-Freuen sollte man am besten jeden Tag.

FRANZI Was mag das wohl sein? Bestimmt ein schönes Buch. Oder ein Film. Vielleicht sogar mein Lieblingsfilm: »Schlumpel, Pumpel und die stinkenden Matschwürmer, Teil 327.«

DIDI Nun pack schon aus!

FRANZI Ich weiß ja nicht. Vorfreude ist die schönste Freude. Und wenn ich es erst ausgepackt habe, dann ist die Überraschung weg. Andererseits möchte ich jetzt unbedingt wissen … Ich halte es nicht aus, ich halte es nicht aus … aber … nee, doch, nee.

DIDI Na los jetzt!

FRANZI Also gut. *Packt sehr langsam das Geschenk aus.* Das ist ja … das ist … ich werde wahnsinnig: *Pause, sie strahlt.*

Ein Handtuch! Ein Handtuch! Didi, du hast mir tatsächlich ein Handtuch geschenkt. Kinder! Leute! Welt! Es ist ein Handtuch!

DIDI Ich dachte, das kannst du immer wieder gebrauchen. Zum Beispiel, wenn du nasse Hände hast.

FRANZI Ja, Mensch, stimmt! Nasse Hände. Da habe ich gerade noch gar nicht dran gedacht! Didi, das ist ja großartig! *Umarmt ihn überschwänglich.*

DIDI Vorsicht, meine Frisur. Gefällt dir die Farbe?

FRANZI Es ist die schönste Farbe, die es gibt.

DIDI Es ist halt weiß.

FRANZI Das schon ja, aber es ist superweiß. Das weißeste Weiß, dass ich jemals gesehen habe.

DIDI Ich dachte nämlich, weiß geht immer.

FRANZI Da hast du vollkommen Recht. Weiß ist immer sehr weiß. Huh, ich bin …

DIDI Was bist du?

FRANZI Glücklich.

DIDI Na, jetzt übertreib mal nicht, es ist bloß ein Handtuch.

FRANZI Ja, aber ein Handtuch kann ein Handtuch sein und ein Handtuch kann mehr als ein Handtuch sein. Und dieses Handtuch ist mehr als ein Handtuch. Flauschi flauschi flauschi! Es ist ein Zeichen. Es ist der Beweis, dass du an mich denkst. Ich werde jetzt immer an dich denken, wenn ich es sehe und benutze.

DIDI Schön. Und was glaubst du, wie lange du jetzt glücklich sein wirst?

FRANZI Mindestens lebenslang! Ich werde nie, nie wieder unglücklich sein, wieso auch, ich habe ja jetzt ein weißes flauschi flauschi flauschi Handtuch.

DIDI Also sollten alle Menschen auf der Welt sich gegenseitig weiße flauschi flauschi flauschi Handtücher schenken und dann wären alle glücklich?

FRANZI Ja. So einfach ist das. Denn mit einem weißen flauschi flauschi flauschi Handtuch kann man alle Sorgen immer wegtrocknen.

DIDI Super, dann sind wir fertig für heute. Musik! Schenkt euch gegenseitig weiße flauschi flauschi flauschi Handtücher und seid ewig glücklich. War sehr superschön mit euch. Kommt gut nach Hause. Euer Didi und eure …

FRANZI Franzi. Moment: Kleiner Tipp noch bezüglich der Handtücher: Man muss sich auch freuen wollen. Man muss sich nämlich, ehrlich gesagt, ganz schön viel Mühe geben, um sich über ein weißes flauschi flauschi flauschi Handtuch zu freuen. Das ist Kunst. Ich bin eine Künstlerin. Sich freuen können ist Kunst. Zufriedensein ist Kunst. Glücklichsein ist Kunst. Lernt euch zu freuen!

DIDI Moment mal, dann gefällt dir das flauschi flauschi flauschi Handtuch eigentlich gar nicht?

FRANZI Doch, doch. Nee. Naja. Und Didi? Habe ich mich gut gefreut? Und hat dich das gefreut, dass ich mich gefreut habe?

DIDI Ja, schon. Ich freue mich, wenn ich dir eine Freude bereiten kann. Das zumindest ist schon mal sicher.

FRANZI Also ein Gutschein über 100 Millionen Euro statt Handtuch wäre auch schön gewesen.

DIDI Okay, beim nächsten Mal schenke ich dir 100 Millionen Euro. Aber damit kannst du dir nicht gut die Hände abtrocknen. Apropos Geld.

FRANZI Willst du mir jetzt doch noch Geld schenken?

4. Die glücklichen Inselbewohner

DIDI Nö. Aber hier! *Zeigt auf das Buch, in dem er zuvor geblättert hat.* Hier habe ich beim Rumforschen was sehr Interessantes gefunden. Hier steht nämlich etwas über eine Insel. Die Menschen, die auf dieser Insel leben, sind angeblich sehr glücklich, angeblich die glücklichsten Menschen der Welt …

FRANZI Nee!

DIDI Doch!

FRANZI Ohhh! Dann los! Wo ist meine Badehose? Koffer packen! Lasst uns da alle sofort gemeinsam hinfahren!

DIDI Moment. Und weißt du, warum die angeblich so glücklich sind? Weil es auf dieser Insel kein Geld gibt. Steht hier. Weil alle ungefähr gleich viele Sachen besitzen. Steht hier. Weil sich die Menschen dort nicht permanent mit anderen vergleichen. Steht hier. Weil sie die Dinge untereinander tauschen und teilen …

FRANZI Nee!

DIDI Doch!

FRANZI Ohhh! Kommando zurück! Meine Sachen gehören mir. Die verleihe ich nicht! Okay – höchstens dir ganz kurz das blöde weiße flauschi flauschi flauschi Handtuch.

DIDI Freundschaften und Familie sind den Menschen dort wichtiger als Einkaufen. Steht hier.

FRANZI Nee!

DIDI Doch!

FRANZI Ohhh! Aber Kaufen macht viel glücklicher, als Nicht Kaufen-Können. Und zum Einkaufen braucht man Geld. Und wenn man kein Geld hat, macht man am besten einen Banküberfall. Und um sich zu vermummen, damit man nicht erkannt wird, eignet sich vorzüglich ein weißes flauschi flauschi flauschi Handtuch. Hände hoch! Das ist ein Handtuch, ich meine Banküberfall!

DIDI *hebt die Hände hoch* Ja. Nein. Ja. Hm. Wie gut, dass ich keine Bank bin. Apropos Habenwollen. Da fällt mir ein, als ich etwa so groß war … *Während er erzählt, baut er einen Turm aus diversen Materialien.* wollte ich immer auch genau das haben, was mein Freund Helmut-Karl-Ernst-Otto-Theodor-Balthasar-Kevin-Justin-Egon-Wilhelm-Bert-

Augustin-Graf-Anton-Günter hatte. Und dann habe ich mir das gewünscht, zu Weihnachten oder zum Geburtstag und mich die ganze Zeit darauf gefreut und als ich das dann hatte – einmal war das eine Carrera-Bahn – da war ich der glücklichste Mensch der Welt. Für ein paar Stunden.

FRANZI Und dann?

DIDI Dann … ja, dann fand ich das eher langweilig und habe mir überlegt, was ich mir als nächstes wünschen könnte. Vielleicht wäre es besser gewesen, wenn ich mit der Carrera-Bahn immer nur bei meinem Freund gespielt hätte.

FRANZI Das ist doch Quatsch. Alles immer neu. Jeden Tag einkaufen gehen, das ist das Allerbeste. Ich will auf einer großen Einkaufsinsel wohnen.

DIDI Du meinst also, Glück kann man kaufen.

FRANZI Klar. Glück in Dosen. Gibt es im Supermarkt.

DIDI Und was würdest du dir kaufen, wenn du ganz, ganz, ganz viel Geld hättest?

FRANZI Erstmal den größten Fernseher der Welt. Und dann ein großes Haus, wo der reinpasst. Und in das Haus lasse ich mir in die Küche und ins Badezimmer eine Spezialanlage einbauen, so dass aus dem Wasserhahn Cola kommt und Kakao. Blau: kalte Cola, Rot: warmer Kakao! Und dann kann ich mit einer Cola-Kakao-Mischung duschen.

DIDI Das ist doch voll klebrig.

FRANZI Na und?

FRANZI Wie du meinst … und was noch?

FRANZI Und dann noch einen Berg Comics, 372 Filme, 17 Smartphones, den besten Computer der Welt, sehr, sehr viel Spielzeug, Freunde. Alles!

DIDI Freunde kaufen? Geht das überhaupt?

FRANZI Na klar. Drei gute Freundinnen kosten 417 Euro 81. – Kriegt man eigentlich Pfandgeld, wenn man Freunde wieder zurückgeben will?

DIDI Nur wenn es Mehrwegfreunde sind.

FRANZI Ah.

DIDI Und wenn du das dann alles hast, was dann?

FRANZI Dann brauche ich nichts mehr, weil ich dann ja alles habe. Und wenn man nichts mehr braucht und alles hat, ist man glücklich; so einfach ist das.

DIDI Und was machst du dann?

FRANZI Dann warte ich darauf, dass wieder neue Sachen erfunden werden, die ich noch nicht habe, und dann kaufe ich die auch noch und dann habe ich die auch.

DIDI Und dann?

FRANZI Dann habe ich mehr, weil wenn man mehr hat, hat man mehr. Mehr ist mehr!

DIDI Und dann?

FRANZI Dann will ich viel mehr, denn wenn man viel mehr hat, dann hat man viel mehr. Weil viel mehr ist viel mehr als mehr. Und viel, viel mehr als viel mehr ist noch viel, viel mehrer – nämlich am mehrsten. Das ist doch logisch.

DIDI Und dann?

FRANZI Dann bin ich noch viel, viel glücklicher. Und dann noch viel, viel, viel glücklicher. Bis ich dann so superoberultraviel glücklich bin, dass man nicht mehr glücklicher sein kann.

DIDI Und dann?

FRANZI Dann bleibe ich so glücklich. Megaoberhypermonsterglücklich!

DIDI Okay, du Glücksmonster. Dann stell dir doch jetzt mal vor, alle deine Wünsche würden immer sofort in Erfüllung gehen.

FRANZI *schließt die Augen* Ja, ich stelle es mir vor. – Total super!

DIDI Wirklich wahr?

FRANZI Na klar! Ich will ins Schwimmbad, zack! bin ich im Schwimmbad, ich will da Schokolade essen, zack!

schwimmt eine Tafel Schokolade, die gerade Seepferdchen macht, vorbei, ich will Limo trinken, zack! ist das Wasser im Schwimmbad Zitronenlimo, ich will ein aufblasbares Krokodil, bumsfallera! und es ist da, hurra!

DIDI Aber wenn du alles sofort hast und machst und kannst, dann kannst du dich darüber gar nicht mehr richtig freuen, weil alles schon fertig ist, weil du dich für nichts anstrengen musst, weil …

FRANZI Hm, meinst du? Ich weiß nicht. Aber dann kann ich immer noch Sachen erfinden, zum Beispiel eine App fürs Smartphone und da kann man anrufen und Limonade bestellen und dann kann man einen Strohhalm ins Telefon stecken und trinken. *Pause.* Schon komisch, das Leben.

DIDI Ja dann: Besorgt euch Geld, Kinder, egal wo und wie, und geht einkaufen, dann seid ihr immer glücklich! Schön war's mit euch. Viele Grüße aus der Zentrale für Glücksforschung. Bis bald, eure Franzi und euer …

FRANZI Obwohl, halt! Da fällt mir ein, es gibt eine Ausnahme. Ich hatte früher einen Teddy. Den habe ich Frank genannt. Ich weiß gar nicht mehr genau, wer mir den geschenkt hat – doch, klar, das war Tunte Rasi, ich meine Tante Rosi, egal. Jedenfalls ist der im Laufe der Zeit so total abgefetzt – ein Ohr ab, das Fell mit ein paar Löchern – aber den hätte ich gegen nichts auf der Welt eingetauscht. Frank. Mit dem hab ich mich immer wohlgefühlt. Und ich wäre nie nie nie auf die Idee gekommen, mir einen neuen Teddy zu wünschen. Und Wegwerfen war strengstens verboten. Und Waschen auch! Weil Frank hatte so einen schönen leicht fauligen Geruch. Mh. Ich habe den Geruch heute noch in der Nase. Das stinkt gut. Und manchmal hole ich Frank aus dem Karton und rieche an ihm und erinnere mich an früher. – Was hast du denn da gemacht?

DIDI Siehst du doch. Ich habe den Eiffelturm gebaut. *Stolz.* Boah, ist der schön. Na, habe ich das toll gemacht? Ja, das habe ich toll gemacht. Danke. Danke, Fans! Ich bin echt super. Wow! Ja. Der Didi, der ist super. Rollt den Teppich aus, der Didi ist da! Man sollte sich viel öfter selber loben! Ah. Ich habe mich gerade voll verliebt. Ich liebe mich! Ich bin superklasse. Moment, soviel Zeit muss sein! Ich klopfe mir mal eben auf die Schulter: Klopf! Klopf! Suppentopf! Was bin ich doch für ein wunderbarer Kerl. Ich muss mich küssen, das muss sein! *Versucht sich auf die Wange zu küssen.* Tante Rosi hat vollkommen Recht. Lob und Komplimente sind großartig! Und am allerbesten ist Eigenlob! Super! Glück ist nach sehr harter Anstrengung einen solch großartigen Turm gebaut zu haben. Der schönste Turm der Welt. Das Glück ist also ein Turm. Baut Türme! Schön war's mit euch! Auf Wiedersehn, euer Didi und euer Didi …

5. Das Glück ist ein Turm

FRANZI Glück ist aber auch … *Bewegt sich wie eine Zweijährige, stürmt zum Turm und haut ihn um.* Bums! Durm paputtemacht. Boing. Durm bums, Durm aua fallen paputte. Pipi.

DIDI Na, das war ja klar. Dass dir das Spaß macht. Die doofe Franzi hat meinen Durm paputte macht. Blöde Franzi. Blöd, blöd. Ich hau dich.

FRANZI Nein, Didi, nicht hauen. Hauen ist nicht gut. Ärgere dich nicht. Sich Ärgern macht nicht glücklich. Aber Kaputtmachen macht glücklich. Und andere ärgern ist …

DIDI Kannst von mir aus alle Türme der Welt kaputt machen … außer meinen.

FRANZI War doch nur Spaß. Ich bin ja keine zwei mehr. Ich fand das nur grad luslich.

DIDI Gar nich luslich!

FRANZI Ach komm schon! Nicht ärgern, nur wundern!

DIDI Nö!

FRANZI Hast du jetzt schlechte Laune oder was wer wie wann wo warum?

DIDI Ja. Deinetwegen habe ich schlechte Laune.

FRANZI Okay, andere ärgern ist nicht gut. – Andere ärgern ist supergut! Guten Tag allerseits. Willkommen in der Zentrale für Schlechtelauneforschung. Ich bin der Dieter und heiße Franzi. Quatsch. Ich bin ich und heute zeige ich euch ein super Beispiel für superschlechte Laune. Hier! *Verweist auf Didi.* So sieht schlechte Laune aus!

DIDI *sauer* Hahaha.

FRANZI Mann, ey. Du musst mir nicht die Schuld für deine Laune geben. Deine Laune machst du dir selbst. Du musst dich launenmäßig von mir unabhängig machen, du Launenopfer, du. *Baut den Turm wieder auf.* So, da, ich baue dir deinen behämmerten Turm wieder auf.

DIDI Pah. Okay. Dann habe ich meine schlechte Laune eben nicht deinetwegen, sondern wegen … man kann wegen allem schlechte Laune haben! Ich kann zum Beispiel … schlechte Laune haben, weil mein Pullover grün ist und nicht gelb. Oder weil ich nur zwei Arme habe, aber lieber drei hätte. Schlechte Laune ist das Einfachste von der Welt. Voll babyig. Kann jeder! Deshalb ist die Welt auch so überfüllt mit schlechter Laune!

FRANZI Dann iss Schokolade. Schokolade macht glücklich.

DIDI Es sei denn, man futtert zu viel davon, dann wird einem schlecht. Bäm! Kotzwürg!

FRANZI Dann lächle oder lach. Einfach so. Grundlos. Tu so, als ob du gute Laune hättest und zack! dann kommt sie auch.

DIDI Wer sagt das?

FRANZI *mit Monsterlächeln* Ich.

DIDI Kann sein. Ist aber vollkommen bescheuert!

FRANZI Dann freu dich, dass du schlechte Laune hast. Weil wenn man nie schlechte Laune hat, dann würde man ja gar nicht wissen, wie es ist, gute Laune zu haben. Sei glücklich, dass du schlecht gelaunt bist!

DIDI Das ist doch auch völlig quatschig. Wenn ich mich jetzt darüber freue, dass ich schlechte Laune habe, dann ist es ja Freude und nicht mehr schlechte Laune. Das ist ein ganz hinterhältiger, oberfieser Trick von dir.

FRANZI Vielleicht bist du ja glücklich, merkst es bloß nicht.

DIDI Unfug! Unfug! Meinst du, ich bin geheimglücklich und weiß nix davon?

FRANZI Ja. Los! Genieß diesen Moment, bevor er zur Erinnerung wird.

DIDI Nö, niemals!

FRANZI Herrje, herrje, wie soll man denn mit dir nach dem Glück forschen, wenn du so … Mh. Idee. Sing einfach ein Lied. Singen, das hilft bei mir – meistens.

6. Glücklich, wer da singen tuten tut

DIDI Na gut, selbst schuld. Ich probiere es mal:
Singt:
Ich kenn ein Lied, das alle nervt, alle nervt, alle nervt
Ich kenn ein Lied, das alle nervt, und das geht so:
Ich kenn ein Lied, das alle nervt, alle nervt, alle nervt
Ich kenn ein Lied, das alle nervt, und das geht so:
Ich kenn ein Lied, das alle nervt, alle nervt, alle nervt
Ich kenn ein Lied, das alle nervt, und das geht so:
Ich kenn ein Lied, das alle nervt, alle nervt, alle nervt
Ich kenn ein Lied, das alle nervt, und das geht so …

FRANZI Sehr ... ähm ... schön. Okay. Aber doch noch ein klitzekleines bisschen schöner, wenn du es nicht singst. Oder zumindest ein anderes Lied.

DIDI Nö. Dann sing selbst.

FRANZI Gut. *Improvisiert:*

Eine Giraffe verkleidet sich als Affe Lala
Ein Elefant hat Sonnenbrand Lalu
Und ein Hund ohne Mund
Kann nix fressen schubiduh
Ein Käse geht nicht gern zum Frisör
Ohne Ohren, da hat man kein Gehör
Und im Garten liegt ein Braten
Bitte nicht verraten Lali La Hurra!
Mein Pferd heißt Gerd
Nein Quatsch, verkehrt
Mein Pferd heißt Jack
Und macht nie Dreck
Weil es ist immer weg
Checki Checki Check
Wer kein Glück hat, hat kein Glück
Alles ist großer Mist
Wenn man nicht glücklich ist
Alles ist ein Eimer Dreck
Ist das Glühück erst mal weg
Schubi hier Schubi da
Schubidubi tralala

DIDI Okay. 20 Cent, wenn du aufhörst zu singen!

FRANZI Nein. Das kostet mindestens 240 Euro 95.

DIDI Ich habe nur meine Glücksmünze dabei.

FRANZI Gut, dann gib mir deine Glücksmünze. Aber normalerweise kommt man nicht so günstig davon.

DIDI Nein, meine Glücksmünze kann ich dir nicht geben.

FRANZI Wie du willst:

Ich heiße Käthe

Und esse gern Tapete
Hey, hey, Rene
Reich mir mal das Nasenspray –

DIDI Stopp! Bitte, bitte … *Kniet nieder.* Ich halte das nicht aus, nicht weitersingen! Hier, nimm! Ah. Großartig. Diese Ruhe! Unbezahlbar.

FRANZI Na, ist deine Laune jetzt besser?

DIDI Ein bisschen. Aber noch nicht so richtig. Ich habe von deinem Rumgesinge etwas Kopfschmerzen.

FRANZI Aber forschi weiterforschen können wir?

DIDI Ja. Deshalb sind wir ja hier. Also los! Lass dir was einfallen. Mach mich mal glücklich. Streng dich an!

FRANZI Ich werde es versuchen. Aber du musst mithelfen. Ich hab's, neue Tanzformen erfinden.

DIDI Gut. Versuchen wir uns glücklich zu tanzen!

Franzi und Didi erfinden einen neuen Tanzstil.

FRANZI Und? Klappt's bei dir?

DIDI Ja, nee, vielleicht ein bisschen.

FRANZI Ansonsten habe ich hier noch … was habe ich hier denn noch … ich habe … *Improvisiert:* Wahnsinn … das musst du dir ansehen! Eine Sensation!

7. Der Glückomat 3000

DIDI Was denn?

FRANZI *konstruiert ganz schnell eine Art Maschine, setzt sich eine Krone auf* Schau her! Tatatata!

DIDI Ja und? Was soll das sein?

FRANZI Herrje, das sieht man doch. Das ist ein … äh… ich sag nur: Glückomat. Der … Glückomat 3000. Glückomat – Glück im Quadrat. Hier an der Seite kann man sein gewünschtes Glückslevel einstellen. Von eins, leicht glücklich, bis 10, superhyperoberglücklich. Ich mache es mal eben vor! *Dreht an einem Regler.* Stufe eins: Leicht glücklich sieht so aus. *Lächelt ein wenig.* Jetzt bin ich, wie man gut sehen kann, leicht angeglückt! Und … *Dreht den Regler langsam weiter.* Jetzt steigert sich mein Glück immer mehr und mehr und mehr und mehr, bis ich bei Stufe zehn ankomme, die Ohren Besuch vom Mund bekommen und ich superhyperoberglücklich bin! Jaaaaa! Alles ist so supertoll, ach, ist das schön, ach, ist das schön! Welt, komm her! Ich möchte die ganze Welt umarmen! Ja, das kann nur der Glückomat 3000. Diese Maschine ist das, worauf wir alle gewartet haben!

DIDI Lass mich auch mal. *Dreht an dem Regler.* Hm. *Pause.* Also, ich spüre rein gar nichts.

FRANZI Streng dich an!

DIDI *dreht abermals am Regler* Nö, bei mir tut sich nix. Das Gerät ist wahrscheinlich noch nicht ganz ausgereift.

FRANZI Herrje, Didi, Mann, man muss es auch wollen!

DIDI Ich will ja … Moment … ja, jetzt … ja … nee, doch nicht. Ich spüre nix. Klappt nicht. Überzeugt mich nicht. Aber … *Schaut auf Franzis Krone.* Aber die Krone da … die erinnert mich daran, wie mir meine Oma abends im Bett Geschichten erzählt hat. Auf diese Geschichten habe ich mich immer, wenn ich bei meinen Großeltern war, den ganzen Tag über gefreut. Und eine Geschichte davon hieß: Die unglückliche Prinzessin.

8. Die unglückliche Prinzessin

Franzi und Didi bauen mit ein paar Handgriffen die Bühne um und verkleiden sich für ihre jeweilige Rolle. Franzi spielt die Prinzessin, alle anderen Texte und Rollen werden von Didi übernommen.

Bei der Uraufführung hat im Folgenden eine eingespielte Kinderstimme den Erzählerpart übernommen. Die Stimme hat den Titel angesagt, sowie die Bühnenumbauten angewiesen und kommentiert. Erster gesprochener Text nach dem Titel des Märchens war: »Hallo. Ich bin die Märchenstimme und ich bin hier der Chef.«

Es war einmal eine Prinzessin, die eines Morgens aufwachte und das Glück nicht finden konnte. Das machte sie sehr traurig.

PRINZESSIN Ich bin ja so dermaßen extrem super unglücklich. Mistiger Mist! Ich muss das Glück verloren haben. Wo ist denn das Glück hin? Irgendwo muss das Glück doch sein. Oder habe ich vielleicht jemandem das Glück geliehen und es nicht zurückbekommen? Hm. Ich kann mich nicht erinnern. Was soll ich denn jetzt bloß machen?

Der König hörte vom großen Unglück seiner Tochter und verkündete:

KÖNIG *lispelnd* Wer das Glück meiner Tochter findet, wird eine sehr große Belohnung bekommen. Hört, hört! Dem Glücksbringer winkt eine sehr große Kiste voller Goldstücke.

Und schon bald darauf kamen die ersten Leute vorbei, um bei der Suche nach dem Glück zu helfen. Der erste Sucher war ein Geschäftsmann, der nur zu gern die Belohnung kassiert hätte.

GESCHÄFTSMANN Guten Tag Fräulein Prinzessin. Ich finde das Glück bestimmt wieder. Das wäre doch gelacht. Ha, ha! Wo hat Sie denn Ihr Glück zuletzt gesehen?

PRINZESSIN Ich weiß es nicht. Ich weiß nur, dass es weg ist.

GESCHÄFTSMANN Hm. Vielleicht ist Ihr Glück auf den Boden gefallen und dann irgendwo hingerutscht, sowas kommt vor. *Krabbelt auf dem Boden herum, sucht den Raum ab.* Hier vielleicht … nein. Wie sieht Ihr Glück überhaupt aus? Ist es eckig oder rund, glatt oder eher runzelig, hart oder weich …

PRINZESSIN Das kann ich leider nicht sagen.

GESCHÄFTSMANN Also hier unter dem Stuhl ist es schon mal nicht. Es sei denn, Ihr Glück ist ein Staubkorn.

PRINZESSIN Nein.

GESCHÄFTSMANN Vielleicht ist es ja der glückliche Stuhl.

PRINZESSIN Nein, auch nicht.

GESCHÄFTSMANN Frau Prinzessin, kann Sie sich wenigstens an die Farbe erinnern? Ist Ihr Glück rot, gelb, grün, weiß, schwarz, braun, orange oder doch eher gülden?

PRINZESSIN Auch das kann ich leider nicht sagen. Ich weiß nur, dass es weg ist.

GESCHÄFTSMANN Ja, wenn Sie nicht weiß, wie es aussieht, dann kann ich lange suchen.

Sagte der Geschäftsmann, nachdem er schon sehr, sehr lange gesucht hatte. Derweil hatte der König dafür gesorgt, einen Mann herbeizuholen, von dem er sicher war, dass dieser helfen könne, denn schließlich war das Glück schon Teil seines Namens. Dieser Mann war niemand Geringeres als Hans im Glück.

HANS IM GLÜCK Grüß Gott, werte Prinzessin. Gestatten: Hans im Glück mein Name.

PRINZESSIN Guten Tag, Herr Hans im Glück.

HANS IM GLÜCK Ihr Herr Vater, der König, bat mich, Ihnen etwas aus meinem Leben zu erzählen.

PRINZESSIN *trotzig* Na gut, dann erzählen Sie mal! Hoffentlich wird es nicht extrem super langweilig. Sie haben doch nichts dagegen, wenn ich derweil an dieser Winterwollunterhose weiterstricke? *Beginnt zu stricken.*

HANS IM GLÜCK Durchaus nicht, nur zu. Also. Ich habe sieben Jahre lang als Feuerwehrmann gearbeitet, habe große und kleine Brände gelöscht, Kerzen ausgepustet und mehrere Katzen mit der langen Leiter von hohen Bäumen gepflückt. Nach diesen sieben Jahren wollte ich wieder heim zu meinen Eltern und mein Chef gab mir für meine Arbeit als Lohn einen großen Koffer, randvoll mit Geldscheinen. Der war sehr, sehr schwer. Ich bedankte mich, verabschiedete mich und machte mich dann mit dieser schweren Last auf den Weg nach Haus. Und während ich nur äußerst mühsam vorwärts kam, dachte ich so bei mir: »Mensch, ist das eine elende Schlepperei.« Da kam auch schon ein Mann mit einem alten klapprigen rostigen Fahrrad vorbei und ich hatte großes Glück, ich konnte meinen Geldkoffer gegen das Fahrrad tauschen.

PRINZESSIN Ein ganzer Koffer voller Geld gegen ein rostiges Fahrrad?

HANS IM GLÜCK Genau. Großartig, dachte ich, bedankte mich, setzte mich auf den Sattel und wollte losfahren. Aber nach ein paar Metern riss die Fahrradkette und ich stellte zudem fest, dass die Reifen vorne und hinten platt waren.

PRINZESSIN Na, da hat Sie aber jemand ganz schön reingelegt.

HANS IM GLÜCK Ach was, ich musste ja den Koffer nicht mehr schleppen – das Fahrrad konnte ich wenigstens vorsichtig schieben. Aber es kam noch besser: Ich traf auf eine Frau, die gerade auf ihrem alten Mobiltelefon rumtippte. Ich dachte so bei mir, hm, ein Telefon müsste man haben, dann könnte ich zuhause anrufen und Bescheid geben, wann ich komme. Und jetzt kommt's, halten Sie sich fest: Die Frau tauschte das Mobiltelefon gegen mein Fahrrad.

PRINZESSIN Das klingt nach einem guten Tausch.

HANS IM GLÜCK Auf jeden Fall, denn mit dem Telefon konnte ich zwar nicht telefonieren, weil es kaputt war, aber es war viel, viel leichter als das Fahrrad. Denn ein Telefon kann man in die Hosentasche stecken, mit einem Fahrrad geht das nicht. Oder haben Sie schon mal probiert, sich ein Fahrrad in die Hosentasche zu stopfen?

PRINZESSIN Nein, aber ...

HANS IM GLÜCK Ich kann Ihnen sagen, das ist wirklich sehr schwierig. Sehr schöne Winterwollunterhose übrigens, die Sie da stricken.

PRINZESSIN Danke. Und wie geht Ihre Geschichte weiter?

HANS IM GLÜCK Ich traf einen Mann, der mit einem sehr kleinen Bleistiftstumpf etwas auf einem Zettel notierte.

PRINZESSIN Lassen Sich mich raten: Sie haben das kaputte Telefon gegen den Bleistiftstumpf getauscht.

HANS IM GLÜCK Richtig. Für beide Seiten ein sehr gutes Geschäft, denn der Mann war zufällig Hobbybastler und konnte Telefone reparieren und hat nun also ein Mobiltelefon, während ich diesen Bleistiftstumpf in meine Hosentasche steckte, weil was sollte ich mit einem kaputten Telefon, das ich nicht reparieren kann, dann lieber ein Bleistiftstumpf, mit dem ich mir, wenn es nötig ist, etwas hätte notieren können.

PRINZESSIN Wieso hätte?

HANS IM GLÜCK Weil ich den Bleistiftstumpf verloren habe. Aber das war nicht weiter tragisch, denn ich hatte festgestellt, dass er inzwischen so klein war, dass man eh schon nicht mehr mit ihm schreiben konnte.

PRINZESSIN Also ist Ihnen von Ihrem Lohn als Feuerwehrmann nichts geblieben. Und Nichts ist nicht viel. Eine sehr tragische Geschichte. Herr Hans im Glück, mein Vater sollte Ihnen aus Mitleid die Belohnung geben.

HANS IM GLÜCK Wieso tragisch, wieso Mitleid? Mir geht es hervorragend. Und ich bin gut bei meinen Eltern angekommen.

PRINZESSIN Aber mit leeren Händen …

HANS IM GLÜCK Wieso leere Hände, ich habe doch immer noch mich. Wohlan! Ich bin mit meiner Geschichte fertig. Leben Sie wohl! Viel Glück bei der Glücksuche und viel Spaß weiterhin beim Stricken!

Sagte Herr Hans im Glück und ging glücklich seines Weges. Die Prinzessin strickte derweil weiter, als ihr ein großer Gedanke kam:

PRINZESSIN Da kommt mir ein großer Gedanke. Ich war doch vor zwei Tagen auf der Übernachtungsparty von Prinzessin Cordula. Vielleicht habe ich da das Glück vergessen. Die Party war extrem super, das weiß ich noch. Wir haben uns die ganze Nacht sehr witzige Witze erzählt. Aber am nächsten morgigen Morgen nach dem frühen Frühstück, als ich von dort weggegangen bin, war ich, soweit ich mich erinnere, nicht total glücklich. Es ist gut möglich, dass es daran lag, dass die feierliche Feier so schnell vorbeiging, aber es könnte auch sein, dass Prinzessin Cordula mein glückliches Glück jetzt irgendwo in ihrem zimmerigen Zimmer rumliegen hat. Ich muss mich dringend mit ihr treffen …

Und schon öffnete sich die Tür und Prinzessin Cordula kam zu Besuch.

PRINZESSIN Mensch du, Cordula, du, schön dich zu sehen. Was für eine extreme super Überraschung. Gerade habe ich an dich gedacht und zacki! bist du auch schon da. Das ist ja fast wie im Märchen, du.

CORDULA Ja, voll krass geil abgefahren, Alter. – Huppsi, jetzt habe ich schon wieder »krass, geil, Alter« gesagt. Meine Eltern sagen mir nämlich immer, dass ich »geil« und »krass« und »Alter« nicht sagen soll. Naja, was soll's. Einmal sag ich es jetzt noch und dann reicht's für heute: Krass, geil, Alter.

PRINZESSIN Du Cordula, du, kann es sein, dass ich mein Glück bei dir auf der Party liegengelassen habe?

CORDULA Nein, das kann nicht sein. Wir haben nämlich aufgeräumt und da hätten wir es dann ja finden müssen. Es sei denn, dein Glück ist unsichtbar, aber das kann ja nicht sein. Unsichtbares Glück, so'n Quatsch, Alter. – Scheiße, jetzt habe ich ja doch schon wieder »Alter« gesagt … und Scheiße, »Scheiße« habe ich auch gesagt. Oh, Mann, ey, krass ungeil. Scheiße. *Hält sich den Mund zu.*

PRINZESSIN Ich sage anstatt Scheiße immer Mist …

CORDULA Geil!

PRINZESSIN Und anstatt geil – super …

CORDULA Krass!

PRINZESSIN Und anstatt krass – extrem.

CORDULA Alter!

PRINZESSIN Und anstatt Alter, sage ich – du. Das klappt meistens ganz gut.

CORDULA Scheiße, das ist ein geiler Trick, den muss ich mir merken, Alter. Huppsi, schon wieder. Krass.

PRINZESSIN Cordula, du, wie ging noch mal der extrem witzige Witz mit der Pfütze, den du erzählt hast? Da haben wir uns doch auf deiner Party total schlappi gelacht, du.

CORDULA *nimmt die Hände wieder vom Mund* Klaus sieht, wie seine kleine Schwester Ingeborg aus einer Pfütze Wasser trinkt und sagt zu ihr: »Tu das nicht! Davon kann man krank werden, weil in der Pfütze sind Bakterien.« Darauf antwortet seine Schwester Ingeborg: »Die sind alle voll tot, ich bin nämlich vorher mit dem Roller durchgefahren.«

PRINZESSIN Super Witz, du. Echt extrem super, die Ingeborg.

Und so erzählten sich Prinzessin Cordula und die unglückliche Prinzessin noch einige Witze, bis Cordula sich verabschieden musste, um zum Blockflötenunterricht zu gehen. Und auch die Prinzessin musizierte ein wenig auf ihrer Melodika.

Kurze Zeit darauf betrat ein Sachensammler den Raum. Der Sachensammler hatte einen großen Sack voller Sachen dabei.

SACHENSAMMLER Moin Prinzessin. Dein Vater, der Herr König, bat mich, dir zu zeigen, was so alles glücklich machen kann, damit du dein Glück eventuell neu findest. *Wühlt im Sack herum, holt einzelne Gegenstände hervor.* Schau mal, was der Onkel Sachensammler hier so alles hat: Diese Dinofigur macht den kleinen Louis glücklich, das hier ist der Glücksstein vom Finnley, hier das Schnüffeltuch von der Käthe, die Glückssporthose vom Justus, ein kleiner Fußballpokal von Marie, eine Postkarte von Moritz (Motiv: ein sehr lustiges Känguru im Strampelanzug), die Robbe von Hannah, der erste Milchzahn vom Immo, ein kleines Auto vom Menke, dieses schöne Bild hat der Ben gemalt, ein Flummi von der Lili, altes Kaugummipapier von Bianca …

PRINZESSIN Ja und … alles schöne Sachen, aber …

SACHENSAMMLER Ich habe einen Traum. Ich will damit demnächst ein Glücksmuseum ausstatten. Eine Sammlung von alledem, was einzelne Menschen glücklich macht.

PRINZESSIN Einzelne Menschen?

SACHENSAMMLER Ja, denn jeder hat andere Vorlieben. Kaugummipapier ist nicht jedermanns Sache, aber die kleine Bianca hat immer gute Laune, wenn sie das Papier berührt und sich an den Geschmack erinnert. Wie sieht denn dein Glück aus?

PRINZESSIN Aber genau das sage ich doch die ganze Zeit: Ich habe es vergessen oder verloren.

SACHENSAMMLER So etwas Schönes zu vergessen oder verlieren, ist aber sehr traurig.

PRINZESSIN Deshalb suchen hier doch alle …

SACHENSAMMLER Was ist denn das da?

PRINZESSIN Das wird eine Winterwollunterhose.

SACHENSAMMLER Die ist aber schön.

PRINZESSIN Danke, macht auch total extrem super Spaß, die zu stricken, du.

SACHENSAMMLER Ja, dann wünsche ich dir noch viel Spaß beim Weiterstricken … ach und wenn sie fertig ist, kannst du sie ja vielleicht als Leihgabe in mein Museum geben.

Sagte der Onkel Sachensammler und zog weiter, auf der Suche nach Glücksgegenständen für sein Glücksmuseum. Der König sorgte sich derweil immer mehr um seine Tochter, denn noch immer war ihm nicht zu Ohren gekommen, dass sich an ihrem unglücklichen Zustand etwas geändert hätte.

KÖNIG *melancholisch lispelnd* Es ist immer noch nicht geglückt. Und wenn meine Tochter traurig ist, macht mich das auch traurig. Da habe ich eine so sehr hohe Belohnung geboten, und noch immer hat niemand ihr Glück wiedergefunden. Verzwickt. Hm. Mal nachdenken. Normalerweise kommt doch in Märchen immer ein Prinz vorbei und in den verliebt sich dann die Prinzessin und alles wird gut. Also: Ein Prinz muss her! Aber wo soll ich jetzt auf die Schnelle einen Prinzen auftreiben? Ich kann mir ja keinen schnitzen oder basteln, und fräsen erst recht nicht. Hm. *Schaut ins Publikum.* Liebes Volk! Gibt es hier nicht irgendwo einen schönen, edlen, charmanten, wohlerzogenen, sportlichen, intelligenten, jungen Prinzen? Einer, der auch sein Glück sucht und sich freut, wenn er meine Tochter findet? Du da, du wärst doch zum Beispiel ein toller Prinz! Wie heißt du denn? Hättest du nicht Lust, meinem kleinen Liebling einen Glückskuss zu geben? Dann könntet ihr gemeinsam glücklich und zufrieden das Leben genießen, füreinander da sein, zusammen Pfannkuchen essen und Kakao trinken, miteinander spielen und spülen …

PRINZESSIN Vater!

KÖNIG Entschuldigung, einen Moment, Herr Prinz, mein Töchterlein ruft. – Ja, Tochter.

PRINZESSIN Vater!

KÖNIG Ja, Tochter.

PRINZESSIN Vater!

KÖNIG Ja, Tochter.

PRINZESSIN Vater …

KÖNIG Ich höre, Tochter.

PRINZESSIN Können wir so einen schönen Tag wie heute nicht öfter haben?

KÖNIG Bitte was? Habe ich richtig gehört? Schönen Tag? Hast du gerade schönen Tag gesagt?

PRINZESSIN Aber ja. Ich habe die ganze Zeit gestrickt – schau mal hier die Winterwollunterhose, und ich habe viele extrem nette Menschen getroffen, du.

KÖNIG Da muss ein Irrtum vorliegen. Du redest wirr, mein kleiner Liebling. Du hast dein Glück verloren und bist deshalb unglücklich. Und deshalb bist du die unglückliche Prinzessin. Mir kannst du nichts vormachen!

PRINZESSIN Aber nein.

KÖNIG Aber ja.

PRINZESSIN Aber da ist voll was passiert heute. Ich habe gestrickt, Melodika gespielt, einen Geschäftsmann beim Rumkriechen beobachtet, etwas Merkwürdiges aus dem Leben von Herrn Hans im Glück erzählt bekommen, Prinzessin Cordula war da und sogar ein Onkel Sachensammler, der ein Glücksmuseum eröffnen möchte.

KÖNIG Was du nicht sagst.

PRINZESSIN Und jetzt bin ich mir nicht mal sicher, ob …

KÖNIG Ob was? Soll das bedeuten, dass du dein Glück wiedergefunden hast?

PRINZESSIN Ich weiß nicht, ich glaube schon.

KÖNIG Wo war es denn? Hast du dir die Stelle gemerkt? Damit du weißt, wo du suchen musst, falls es dir nochmal abhandenkommen sollte?

PRINZESSIN Ich bin mir nicht ganz sicher. Ich glaube, naja, das kann man nie so genau wissen … aber vielleicht war das Glück die ganze Zeit da. Direkt in meiner Nähe, greifbar nah. Ich hatte es bloß nicht bemerkt. Und als ich dann vergessen habe, daran zu denken …

KÖNIG Hm. Vermisst du denn wirklich nicht irgendetwas, eventuell einen kleinen, knackigen Prinzen, der dir einen Glückskuss gibt? Rein zufällig …

PRINZESSIN Glückskuss? Igitti! Jetzt bist du aber ganz schön altmodisch. Aber beim nächsten Mal, wenn ich das Glück verliere, werde ich mich einfach mit Freunden treffen, Musik machen, Dinge anschauen, die ich mit extremen super Erinnerungen verbinde …

KÖNIG Soso. Hm. Und die sehr hohe Belohnung, die ich demjenigen versprochen habe, der dein Glück wiederfindet – was machen wir jetzt mit der sehr hohen Belohnung?

PRINZESSIN Ganz einfach, Papilein, du: Die sehr hohe Belohnung tauschen wir gegen ein altes rostiges Fahrrad, und das alte rostige Fahrrad tauschen wir dann gegen ein kaputtes Telefon, und das kaputte Telefon tauschen wir dann gegen einen Bleistiftstumpf. Und den Bleistiftstumpf, den verlieren wir dann irgendwo.

KÖNIG Häh. Ähem, du verwirrst mich. Aber wie du meinst. Ähem … eine Sache noch, du willst nicht vielleicht doch ein klitzekleines bisschen heiraten? Ich habe für dich nämlich rein zufällig gerade einen netten, knackigen Prinzen gefunden. Ich bin mir sicher, der wird dich noch glücklicher machen. Darf ich ihn dir zumindest vorstellen?

PRINZESSIN Nein, danke. Ich glücke gerade total. Morgen vielleicht, du.

KÖNIG Schade. Naja. Dann schicke ich ihn für heute halt zu Dornröschen rüber. Die wartet ja eh schon lang genug.

Pause. Die beiden nehmen ihre Kronen ab und blicken sich an.

DIDI Und?

FRANZI Sind wir jetzt glücklich?

Sigrid Behrens

Anfall und Ente

PERSONEN

ANFALL

ENTE

dazu KISSENSCHLACHT, PFANNKUCHEN, PINGUIN und TRÜDDELSCHMOPF

Eigentlich spielt das Ganze auf einem Friedhof. Aber wenn man das ins Programmheft schreibt, kommt keiner, also sagen wir: Das Ganze spielt auf einer Grünfläche. Einem Park, oder einem dieser begrünten Streifen an der Autobahn. Irgendwie Gras, ein Baum, ein Hundehaufen. Auf jeden Fall steht da ein Stein, einer von denen, an die Hunde pinkeln. Ein Meilenstein, ein Grabstein, ein Hinkelstein. Dazu irgendwo ein Teleskop. Oder wenigstens ein Stethoskop, für Anfall. Für Ente wäre ein Teich ganz gut, aber eine Pfütze tut es auch. Und ein Kuscheltier, unabdingbar. Egal, wie es aussieht, es heißt Hundi. Wie Anfalls Freunde aussehen, muss ebenfalls geklärt werden; überhaupt, ihr Auftritt, ihr Sprechen (Hundi schweigt immerhin).
Natürlich sind Kissenschlacht, Pfannkuchen, Pinguin und Trüddelschmopf Projektionen. Aber wessen genau? Und reicht dafür eine grüne Fläche?

1. Am Anfang

Ente dümpelt auf dem Wasser herum. Oder lehnt am Stein. Sie hat Hundi bei sich und will ihm eine Geschichte erzählen. Vielleicht hilft ihr ein Buch, auch wenn sie gar nicht lesen kann. Anfall hilft ihr auf jeden Fall nicht.

ENTE Am Anfang
ANFALL Am Anfang
ENTE Am Anfang
ANFALL Am Anfang
ENTE Am Anfang
ANFALL Am Anfang
kein Ende in Sicht
ENTE Am Anfang
war einmal
ANFALL Was heißt hier ein Mal
ENTE Das sagt man so
am Anfang war einmal
ANFALL Zwei drei vier fünf sechs
ENTE Hallo ich rede
stopp jetzt
hörst du
ANFALL Neun zehn zwölfzehn hundert tausend
ENTE Einmal sag ich
sagt man so
einmal am Anfang
ANFALL Fünfzighunderttrilliardenunendlich
ENTE Na toll
das kann dauern
typisch Anfall
ANFALL Unendlichunendlichununununun
ENTE Und dann
ANFALL Auf einmal

ENTE Sag ich doch die ganze Zeit
ANFALL Auf einmal
ENTE Am Anfang
ANFALL Das ist nicht dasselbe
auf an bei am
BAMMM
ENTE War das ein Knall
ANFALL Der Knaller war das
ENTE Geht so der Anfang
ANFALL Vielleicht
einmal
ein Mal unter vielen
ENTE BAMMM
war das laut
ANFALL Einmal
am Anfang
da war ich noch klein
da wollte ich sterben und hab es getan
und es war gut
ENTE BAMMM
aua
ANFALL Einmal
da war ich noch klein
da wollte ich nicht sterben
und musste doch
war auch okay
ENTE BAMMM
ANFALL Einmal
da sollte mein Vater sterben
aber der wollte nicht
also musste er nicht
das war schön
ENTE BAMMM

ANFALL Einmal
da war Oma krank
und dann war sie tot
ENTE Und dann
ANFALL Dann ist sie zurück
wie es halt so geht
erst unter die Erde
dann wieder zum Nordpol und dann
ins Weltall
guten Flug Oma
ENTE Zurück
ins Weltall
ANFALL Wohin sonst
ENTE In echt
ANFALL Klar in echt
ENTE Einmal
da bin ich geflogen
hoch und höher und höher ganz weit
und noch ein Stück weiter
und bis auf den Baum
da wurde es plötzlich so kalt
schrecklich dunkel
und ich hab gar nichts mehr gesehn
da hab ich gefroren und Angst gehabt
und Hundi du warst auch nicht da und
Gottseidank
war nur ein Traum
ANFALL BAMMM
einmal
da war Oma tot
da hab ich gesagt
Oma
komm zurück
da hat sie geseufzt und ist wiedergekommen

ist ja gut ist ja gut hat sie gesagt
hat sich den Staub von den Kleidern geklopft
sich langsam auf den Weg gemacht
und wieder in ihren Sessel gesetzt
so Oma
siehste wohl
schön oder
schön

ENTE Einmal
da wollte ich schwimmen
da fehlte das Wasser
auch schön irgendwie

ANFALL Einmal
da sollte ich geboren werden
da war ich noch Sternenstaub
und habe runtergeguckt
auf die Erde
hab Mama und Papa gesehen da unten
habe mein Zimmer gesehen mein Bett
und meine Sachen und alles das und
alles
war noch gar nicht da
da hab ich mir gedacht
neee
zu früh
ich warte noch ein bisschen
ist grad so gemütlich

ENTE Gemütlich
das mag ich
nicht Hundi
du auch

ANFALL Ich wollte mir das Ganze
einfach erst mal ansehen
in aller Ruhe

ENTE Ruhe
hmmm
ANFALL Aber dann
ENTE Ohgottohgottoh
ANFALL Dann kam er plötzlich
der Moment
da macht es BAMMM
ENTE Ich hab's geahnt
ANFALL Ein riesenhafter Riesenknall
zum Taubwerden
so laut war das
da hab ich meine Sachen gepackt
ENTE Und
ANFALL Nichts wie weg
Weltall
Nordpol
Mamas Bauch
ENTE Noch mal
ANFALL Weltall
Nordpol
Erde
Mamas Bauch
UÄÄÄÄÄÄHHHHHH
Federbett
ENTE So geht das bei euch
ANFALL So geht Schlüpfen
genau
ENTE Auf dem Nordpol
ANFALL Erst mal ins All
ENTE Heißt du deshalb so
Anfall
ANFALL Gute Frage
komischer Name
angekommen aus dem All

und zack plumps auf die Erde gefallen
deshalb
glaub ich
ENTE Fällst du auch wieder raus
ANFALL Wieder rein
na klar
von der Erde ins Weltall und zurück
vom Ende zum Anfang und bis in den Schluss
und hin und her und gleich wieder von vorne
dann
wenn ich hier
warum heißt du eigentlich Ente
ENTE Gute Frage
komischer Name
Ente wie Anfall würd ich mal sagen
Ente gut
und schwimmen auch
und fliegen tauchen und spazieren
Hauptsache mir wird nicht kalt
ANFALL Du hast doch Federn
ENTE Zum Glück
hab ich's gut
ANFALL Wenn mir kalt ist
bau ich mir ein Iglu
ENTE Bitte
ANFALL So ein Iglu
kannst mir glauben
das ist eine feine Sache
ENTE So ein
wo denn
seh ich nicht
ANFALL Doch nicht hier
ich mein am Nordpol
hab ich mir dort selbst gebaut

ENTE Was du alles kannst
ANFALL Du bist witzig
kann doch jeder
ist doch babyeierleicht
sowas lernt man doch im Weltall
ich hab
also ich ich ich
ENTE Ja toll toll toll
jetzt reicht's mir mal
dafür kann ich halt anderes
nicht Hundi
so
wo war ich denn
ich war doch grad
es war einmal
ANFALL Einmal
bin ich
ENTE Also einmal
ANFALL Einmal
hab ich
ENTE Hörst du
einmal
ANFALL Einmal
saß ich grad im Iglu
war mir plötzlich furchtbar fad
da hab ich mir schnell was gebaut
'ne Rüstung und zwei coole Flügel
bin ich zehn Mal um die Welt und
einmal
bin ich eingeschlafen
wach ich auf bin plötzlich weg
und einmal
sagt mein alter Kumpel
Anfall sagt der ich hau ab und einmal

sagt ein anderer sagt der zu mir
ich fress dich auf
und ich so nee gleich fress ich dich
und er so was du machst wohl Spaß
und ich so klar was denkst denn du
weiß nicht mehr wer gewonnen hat
und einmal war ich grad im All
sagt Gott zu mir

ENTE BAMMM
wer ist Gott

ANFALL Keine Ahnung
netter Kerl

2. Hundi

Die beiden, unverändert. Vielleicht etwas später.

ANFALL Und wer ist das da

ENTE Hundi
wer sonst

ANFALL Dein Freund

ENTE Doch
kann man so sagen

ANFALL Ihr zwei seid wohl ganz dicke

ENTE Hundi war schon vor mir da

ANFALL Pfff

ENTE Hundi ist immer lieb zu mir

ANFALL Pah

ENTE Hundi
der ist mir der Liebste auf der ganzen weiten Welt
nicht Hundi
du bist immer bei mir
ja und ich
ich bleib bei dir

ANFALL Hundi
Hundi
wie das klingt
Hundi ist ein dummer Hund und du
du bist
seit wann sind Enten
Hunde machen dir doch Angst
ENTE Hunde schon ja
Hundi nicht
Hundi kann ich was erzählen
Hundi hört mir immer zu
Hundi hat ein weiches Fell der
wärmt mich immer
Hundi
nicht
ANFALL Wenn ich noch einmal Hundi hör dann
ENTE Dann bist du wohl neidisch du
du hättest wohl auch gern so ein
ANFALL Und du bist doof
ein Baby bist du
hast'n Kuscheltier zum Freund
und das wo's draußen
in der Welt
da oben
drüben
da
und da
ENTE Na Hundi
wollen wir spaziern
ANFALL Spazieren
Gott wie langweilig
wenn ich das meinen Freunden sag
he Freunde hört mal stellt euch vor

ENTE Wir könnten uns auch treiben lassen
auf dem Wasser
was meinst du
ANFALL Ich kenn 'ne Ente ja und die
was macht die wohl den ganzen Tag
die dümpelt einfach so herum
mit Kuscheltier
ich mein Hallo
ENTE Ich hol nur schnell die Taucherbrille
kann nicht schaden wenn ich die

Ente legt Hundi zur Seite und sucht nach ihrer Brille. Gerne auch im näheren Dunkel. Währenddessen:

ANFALL Wie hältst du das bloß aus hier Ente
willst du nie
schau mich doch an
wenn ich
als ich grad vorhin erst
sagt Pfannkuchen mein dicker Freund
sind wir erst mal zu Kissenschlacht
was ham wir alle nicht gelacht und
als uns das zu öde war gleich weiter
kennst du Pinguin
ham wir im Iglu ich voran na klar
da kenn ich aber nix
ham erst dem Mond Hallo gesagt
kam Trüddelschmopf noch kurz vorbei und dann
Verstecken Fangen Kloppen
typisch Pfannkuchens Idee
und drunter drüber Leben Tod
immer was los bei mir ist klar weil
wenn ich wenn wir meine Freunde
Dümpeln hörst du gibt's da nicht

bei mir wenn ich dann aber ganz
und Brillen
sind nur was für Enten

Ente tritt wieder neben Anfall, mit Taucherbrille, Schwimmflügeln, was auch immer. Sie sucht nach Hundi, aber Hundi ist verschwunden.

ENTE Hundi
Hundi
bist du
ANFALL BAMMM
ENTE Gibt's doch gar nicht
weg
ist weg
ich hatte ihn doch extra
ANFALL BAMMM
ENTE Und jetzt jetzt
Hundi
einfach so
das kann doch gar nicht
Pause.
Du warst das
ANFALL Was
ENTE Gib mir sofort Hundi wieder sonst
hörst du sonst
pass bloß auf
ANFALL Wie bitte
ENTE Du stehst doch hier
du
und nicht ich
und eifersüchtig bist du auch und
ANFALL Was sagst du häh
eifersüchtig

auf dein blödes
hättst du gern

ENTE Wohl
du bist schuld du bist gemein du
redest immer nur von dir
du findest das wohl witzig BAMMM du hast
na los
gib Hundi her

ANFALL Soll das ein Witz
ich glaub es hackt
was soll ich denn mit so 'nem Plüsch
ich hab doch Freunde noch und noch und
außerdem
dein Hundi stinkt

ENTE Dann rück ihn raus

ANFALL Ich hab den nicht ich
hab hier doch bloß BAMMM BAMMM BAMMM

ENTE Und wer soll sonst
hmm
bitteschön
da wird wohl irgendwas BAMMM BAMMM
gib's zu dass du mit deinen Freunden

ANFALL Weil du glaubst dass
so ein Blödsinn

ENTE Hundi war doch immer da

ANFALL Und jetzt tja jetzt ist Hundi weg
na und
dann ist das eben so

ENTE Das ist nicht einfach eben so das
ist ganz schrecklich
ganz
ganz

Pause.

ANFALL Ente
ENTE Ja
ANFALL Wenn du willst dann
helf ich dir
ENTE Du bist gut
ich bin
mir ist
ANFALL Ich helf dir suchen
irgendwo
muss Hundi sich doch
muss er sein
ENTE Du glaubst der
hat sich bloß versteckt
der will dass ich ihn finde
ja
ANFALL Ja keine Ahnung was der will
warum der weg und was das soll
aber wir könnten's ja versuchen
suchen wir ihn
überall
ENTE Überall
hier auf der Wiese

Ente beginnt wieder zu suchen, noch eifriger als vorher.

ANFALL Auf der Wiese
sorry Ente aber
hier wird er nicht sein ich mein
jetzt schaun wir uns mal um
na und
was sehn wir
eben
nichts

ENTE Aber
wie soll er denn so schnell so
über alle Berge weit
das kann doch
Hundi ist wie ich
der kennt die Teichwiese und sonst
ANFALL Dann wird's doch allerhöchste Zeit
vielleicht wollt er 'ne Runde sterben
oder ganz frisch auf die Welt
vielleicht einmal den Mond besuchen
oder einen Maulwurf
weißt du die Erde
die ist weit
da kann dein Hundi überall
ich trau nur meinen Augen Ente
ich würd sagen
suchen wir
ENTE Überall wo man
nicht hier
ANFALL Wo man so hin kann
wenn man will
wo man so herkommt
und zurück
ENTE Du meinst so da
wo keine Wiese
ANFALL Kein Teich und das
was du so kennst
ENTE Alles was
nicht mein Zuhaus
was kalt und dunkel
riesengroß
ANFALL Und neu und aufregend und schön
und lustig laut und schnell und grell
und unbekannt

und immer anders
alles
was nie gleich bleibt
nie

ENTE Oh nein

ANFALL Von wegen nein
sag ja
ich zeig es dir das wird ein Spaß wir
klappern einfach alles BAMMM
bis wir na Dings gefunden ham
und wenn du dann mit Hundi wieder
später kannst du dann ja hier
dann sitzt du da
in aller Ruhe
so wie früher
öde
schnarch

ENTE Ehrlich Anfall würdest du
hilfst du mir suchen
draußen
schnell

ANFALL Mooooment wir brauchen
sachte erstmal
Werkzeug
Ausrüstung
'nen Plan

ENTE Wie bitte was ich will doch nur
bloß einmal Hundi und zurück

ANFALL Am besten schnell

ENTE Und schnell vorbei

ANFALL Na eben drum braucht's da 'nen Plan
und zwar
dass wir uns nicht verBAMMM

ENTE Verbittewas

ANFALL VerBAMMMnochmal
verzetteln bummeln halt
verliern
ENTE Weil
weil du meinst weil
so 'ne Reise
wird es kälter noch als kalt
ANFALL Na alles Mögliche wird's da
deshalb
schaut sich um
die Brille schon mal nicht
du musst ja schließlich auch was sehn
der Stein
zu schwer
hmm bisschen Wasser
kann nicht schaden wenn du
da
äh das
nehm besser ich mit
so
und das kriegst du
man weiß ja nie

3. Auf Reisen

Kurz darauf: Die beiden sind ausgerüstet und startklar. Wie immer das aussehen mag, es macht was her, vor allem bei Ente natürlich. Diese Szene sollte in jeder Hinsicht auf Tempo setzen. Das Auftauchen all der Freunde als prächtige Erscheinung, als spontane Eingebung, als verlässliches Überraschungsmoment; die ganze Reise als Parforceritt durch Raum und Zeit. Nur gut, dass Ente noch nichts davon ahnt, sonst würde sie vermutlich gar nicht mitkommen.

ENTE Und jetzt
ANFALL Wie jetzt
jetzt geht es los
jetzt folgen wir unserem Plan
hier auf der Wiese ist er nicht
was heißt das
na
zu Kissenschlacht
ENTE Zu was
ANFALL Wir fragen erstmal Kissenschlacht
der kennt sich aus im Federbett
und Dings dein Hundi
kann ja sein
vielleicht hat der sich da verkrochen
ENTE Im Bett meinst du im
Federbett
aber die Federn
bin doch ich
ANFALL Ja nee ist klar aber ein Bett
verstehst du
ich mein halt 'nen Ort
da geht man hin wenn man erschöpft
oder ganz einfach müde ist
wenn man mal seine Ruhe braucht oder
wenn man grad lieber tot wenn man
nicht mehr von dieser Welt oder noch mal
ganz ganz von vorn verstehst du
so ein Ort ist das
da kann man
Hallo Kissenschlacht

Kissenschlacht taucht sehr plötzlich auf. In welcher Form, ist die Frage. Hat so etwas überhaupt ein Geschlecht? Hauptsache, das, was da auftritt, kann laut sprechen, besser: poltern. Sprechen ist gar kein Ausdruck.

KISSENSCHLACHT Anfall
hey du alte Socke
was machst du denn
brauchst du Kloppe
ENTE Wer soll das denn das
dein Freund
ANFALL Na du selber alte Socke
alter Sack du alles klar du
hör mal
das da
das ist Ente ja und Ente sucht nen Tier
KISSENSCHLACHT Nen Tier
Mensch Ente du gefällst mir
schön
nen Tier
wow
das klingt wild
ANFALL Genau
heißt Hundi dieses Tier
schon mal gesehn da
so bei dir
KISSENSCHLACHT Nen Hundi nee du
sagt mir nix
paar Kinder warn grad zu Besuch
dann noch 'n Opa
ist jetzt weg
der war so krank
ist besser so
ach und 'n Baby
war das klein
das ist mir beinah durch die Federn
winzig war das
halt ganz neu aber ich glaub
das war kein Tier

ENTE Äh Hallo du äh
Kissenschlacht
also äh Hundi
ist schon groß
KISSENSCHLACHT So groß wie du jetzt
kleiner Scherz
tummelt sich Einiges bei mir
weißt du von klein bis riesenhaft
von nigelnagelneu bis tot
von hell bis dunkel alt bis jung
von viel bis wenig voll bis leer
von laut bis leise unsichtbar
von mit bis ohne kommen gehn
ach
apropos
tut mir echt leid
ist schon so spät ich muss ins Bett aber
na klar
ich sag Bescheid sobald ich das
dein wildes Tier
sonst
Anfall
frag doch Pfannkuchen
wer weiß
hat der den nicht gesehn
ENTE Heißt das mein Hundi
stirbt grad nicht
ANFALL Hab ich mir auch schon überlegt
vielleicht will Hundi ja neu schlüpfen also
Danke Kissenschlacht
wir sehn uns später gib mir fünf
komm Ente
auf zu Pfannkuchen

Kissenschlacht verschwindet erstaunlich lautlos.

ENTE Pfannkuchen
aha
verstehe
ja dann tschüss du
dickes Ding
ANFALL Kissenschlacht ist doch nicht dick du
guck dir erstmal Pfannkuchen
ENTE Noch dicker
meinst du
größer auch
ANFALL Dick und fett
aber sehr nett
na ist ja klar
ist ja mein Freund
ENTE Und der meinst du
hat meinen Hundi
ANFALL Ganz genau
zum Fressen gern
ENTE Was sagst du
ANFALL Ente
war 'n Witz
der Pfannkuchen isst doch kein Tier der
ist gemütlich
wird gefressen
schmeckt vorzüglich
kennt sich aus
im Mutterbauch und überhaupt und
komm jetzt
watschel doch nicht so
ENTE Weil Pfannkuchen im Mutterbauch
und was soll da mein Hundi
ANFALL BAMMM

ENTE Ich komm einfach nicht hinterher
ich bin halt nicht so schnell
im Kopf
ANFALL Also Ente
ich erklär's dir
Pfannkuchen
mein dicker Freund
kenn ich schon ewig noch von früher
als ich noch in Mamas Bauch
da hat die ihn immer gefuttert weil
für mich
damit ich wachse
fand sie leckerer als Hering
saure Gurken so was puäh
da ham wir uns befreundet damals
ich und Pfannkuchen und ich
ENTE Ja schön für dich das
freut mich ehrlich nee ist toll
dein dicker Freund nur
was hat Hundi wo soll der
im Bauch von deiner Mama
häh
ANFALL Na was weil Pfannkuchen das weiß
ob sich dein Hundi irgendwo
in irgendeinem Bauch versteckt
um dann von dort frisch auf die Welt
als wär er noch nie dagewesen
Pfannkuchen der weiß so Sachen
macht sich einer grade auf
wächst da was ein neues Wesen
freuen sich schon Eltern drauf ich mein
vielleicht weiß der bestimmt
weiß Pfannkuchen
der weiß Bescheid

Pfannkuchen macht es wie Kissenschlacht: Plötzlich ist er da. Was bei seiner Körpergröße eine ziemliche Leistung ist, das mit der Plötzlichkeit. Ebenfalls eine Leistung: Man kann davon essen, ohne dass er verschwindet. Anfall nutzt das aus, Ente lieber nicht. Und das, obwohl Pfannkuchen sogar mitisst an sich selbst.

PFANNKUCHEN Bescheid Bescheid ich sag dir was
und zwar Hallo Hallöööööle
ANFALL Pfannkuchen Hallöchen du
schau doch mal Ente
so ein Zufall
PFANNKUCHEN Anfall servus und salut
wo kommst denn du so plötzlich her
ENTE Ohgottohgottoh
ist der dick
PFANNKUCHEN Dick und fett sagst du genau
so bin ich aber durch und durch und
du
wer bist du
außer dünn
ENTE Ich ach so
äh ich bin Ente
bin
also
mit Anfall grad
ANFALL Grad zufällig und nur für dich
PFANNKUCHEN Jetzt ehrlich habt ihr beiden Hunger
hier bedient euch
Zimt noch
Zucker
ENTE Danke nein ich
hab grad vorhin
ANFALL Hmmm
was schmeckst du heute wieder

köstlich
übertriffst dich selbst
PFANNKUCHEN Danke Anfall nett von dir
ach weißt du man
tut was man kann
ANFALL Ach tut man das
ist unser Stichwort
oder Ente
sag doch mal
wen suchst du na erzähl doch schnell
dann muss ich nicht mit vollem Mund
ENTE Ich
also
soll ich erzählen
Hundi such ich
meinen Freund der
Danke
nein
wirklich sehr nett ich
hab jetzt wirklich keinen Hunger
PFANNKUCHEN Hundi
und
was ist mit dem
ENTE Ich hoffe nichts oder
ganz wenig
oder wenigstens nichts Schlimmes
ANFALL Mit Hundi ist dass er verschwunden
eben da und plötzlich weg und tja
da kommst jetzt du ins Spiel
hast du 'ne Ahnung
sagt dir nichts
PFANNKUCHEN Hundi
Hundi
so was Kleines

so mit so was so
mit Fell
ENTE Ja genau ganz
ganz mit Fell mit
lange Haare so
da auch
PFANNKUCHEN Als ich neulich in der Pfanne
war das heiß ich liebe das
da saß mir gleich schräg gegenüber so ein Dings
am Fensterbrett
der saß da so und guckte rüber
lange Haare
dünn und grün
und guckte aus 'm Topf hervor
mucksmäuschenstill ja fast wie du wie
hieß der denn noch
warte
hab's gleich
Schnittlauch richtig
so hieß der
ANFALL Schnittlauch
Pfannkuchen du
Scherzkeks
ENTE Schnittlauch sagt der
Blödmann
beide
PFANNKUCHEN Sonst
lass mich kurz überlegen nee
was Haariges
sonst nicht
ANFALL Was Kleines
auch nicht
PFANNKUCHEN Du stellst Fragen
Anfall

klein
für mich ist alles klitzeklein
jetzt aber
SCHLUCK
wischt sich über den Mund resp. das, was er dafür hält
mein voller Ernst
ich schwör's halt beide Augen auf
wenn ich was seh mit klein und Fell
und diesem Blick da wie bei dem dann
hey
Moment
denk ich doch glatt
bei Fell an kalt und alles weiß und
fragt doch Pinguin
mein Tipp
vielleicht weiß der in welche Richtung

Pfannkuchen löst sich auf, natürlich wieder ganz plötzlich. Zurück bleibt ein nach Zimt duftendes Vakuum.

ANFALL Pinguin
natürlich
klar
und nichts wie weg
zum Nordpol Ente
ENTE Wer ist jetzt schon wieder
Nordpol
ehrlich Anfall
du kennst Leute
ANFALL Nordpol
was wohl
ist ein Ort mit Eis und Schnee und
keine Sorge
ganz viel Sonne gibt's da auch

und Bären Robben Füchse Ziesel Wale Hasen
Lemminge
ENTE Und dann noch Enten
ANFALL Meinetwegen
ENTE Und ein Pinguin
ANFALL Genau
ENTE Und das ist wieder so ein
Freund
ANFALL Genau genau
und was für einer
Pinguin der weiß wie's läuft der
ENTE Aber
'tschuldige mal Anfall
Pinguine leben doch
die sind doch
wir sind ja verwandt
am Südpol nicht am Nordpol
nein
ANFALL Meinst du am Südpol echt jetzt
BAMMM
na und
Nord Süd mir doch egal
weil Pinguin
ist eben so
der wohnt halt da wo ich es will der
passt da auf mein Iglu auf
und zwischendurch
weist er den Weg
ENTE Den Bären Robben Füchsen Zieseln
Walen Hasen Lemmingen
ANFALL Na allen die an ihm vorbei
die grad nicht wissen wie wohin
will ich jetzt wieder auf die Erde
oder doch erstmal ins All

da hilft ein Wegweiser ist klar
rechts links rauf runter seitwärts ran
hilft Pinguin mein Freund kapiert
am Nordpol basta
BAMMM noch mal

ENTE Okay verstehe
frag ja nur und wie
zum Nordpol
da entlang

ANFALL Na wie wohl Ente
dümpel dümpel
sag mal gut dass du mich hast weil so
mit Rumstehn blöde Glotzen
los
hau ruck
jetzt aber

ENTE BAMMM

Willkommen am Nordpol!

ANFALL Na geht doch Ente
schön hier was

ENTE Ohgottohgottoh
armer Hundi
also ich find's hier zu

Ente bibbert vor Kälte, trippelt rückwärts, stößt dabei mit Pinguin zusammen, bekommt einen Riesenschreck. Pinguin erschrickt seinerseits natürlich überhaupt nicht. Dafür spricht er wahnsinnig schnell. Passend zu seinen schnellen Bewegungen.

ENTE QUAAAAAAK

PINGUIN Huch hallo was bist denn du bist du zum Fliegen
bist du neu

ENTE Ich bibbibbitte
wer bin ich

PINGUIN Na sowas Anfall alter Kumpel bist auf Urlaub auch mal da komm mit hab's Iglu grad frisiert oder solln wir erst Schlittschuh fahrn oder Moment ich muss grad kurz hier drüben steht schon wieder wer nicht du entschuldigst mich bin gleich der sieht aber verloren aus

ANFALL Die auch
guck mal hier
Ente

ENTE Hallo

ANFALL Hat 'ne Frage nur für dich
und zwar
hast du vielleicht ein Tier

PINGUIN Ein Tier na klar hier überall da wimmelt wieselt wuchert es da werkelt wurschtelt wacht und wurmt und wedelt winselt wommelt wankt weckt worschelt wurzelt weichselt wärmt und waffelt winkelt weit und breit und weiß der Schnee ich bitt dich Anfall fragt nach Tieren also nee

ENTE Das Tier also der
wen ich suche
Hundi
ist ein Kuscheltier

PINGUIN Kein Tier aha ein Hundi suchst du Hundi Hundi kenn ich nicht meinst du vielleicht so ein Gewöll oder ein Fell ganz weich und hell so was was schnell ohne Gebell obwohl es trotzdem Hundi gell

ENTE Genau das mein ich
glaub ich
oder

ANFALL Hab ich dir zu viel versprochen
Pinguin der
kennt sich aus

PINGUIN Dein Hundi also eben noch und plötzlich nicht ganz einfach futsch so war es doch nicht hab ich recht jawohl verschwunden heißt nicht weg heißt nicht verloren aus der Welt heißt nur verschoben wie's gefällt heißt irgendwo und auch mal froh und heute hier und morgen fort heißt plötzlich da am neuen Ort heißt dort wo du noch niemals warst so was von weg heißt nicht gleich weg aber nicht hier auf dem Papier heißt wenn du mich fragst tut mir leid heißt suchen suchen unter Buchen Knall auf Fall und ab ins All

ANFALL BAMMM

Pinguin verschwindet. Der Nordpol auch. Alles andere bleibt im Dunkeln.

ENTE Aber
huch
was war denn das wo
Anfall
eben war's doch hell

ANFALL Momentchen Ente
keine Panik
hab hier gleich
voilà
mein Licht

ENTE Und Pinguin und alles weiß und
wollt doch noch dein Iglu sehn

ANFALL Das machen wir ein andres Mal
jetzt wollen wir
ist das 'ne Pracht
schau dich mal um hier Ente
WOW

ENTE Ist das das A das
A A All

ANFALL Ja darf ich vorstelln
Weltraum
Ente
staunst du was ist das nicht toll
all diese Sterne und Planeten
Satelliten und Kometen
Schwarze Löcher und Trompeten
Wahnsinn oder
ENTE Allerhand
ANFALL Keine Ursache
so bin ich
einmal Anfall immer BAMMM
ENTE Das war jetzt aber leise
komisch
ANFALL Hier im All gibt's keinen Schall
nicht mal 'nen Hall gibt's hier Hallo
na und
was hörst du
eben
nichts
ENTE Aber wie soll ich denn dann Hundi
und wie soll denn der dann mich und
wie komm ich wieder nach Haus nach
ist die Erde irgendwo
ANFALL Die Erde suchst du
fliegt da drüben
oder warte mal nee da
das Hübsche da ist Jupiter
Saturn tanzt wieder Hula-Hoop
dort hängt der Mond und das
nanu
ich glaube der Planet ist neu
egal
ich sag mal kurz Bescheid

dass wir jetzt da bereit soweit
Anfall ans All
jemand zu Haus
zipp zapp
wo steckst du
Trüddelschmopf

ENTE Was ist denn jetzt ein Trüddelschmopf

ANFALL Ein nettes Wesen mit ganz vielen
Augen Armen Köpfen Beinen
kennt sich gut im Weltall aus
besser als ich
wohnt ja auch hier

Auftritt Trüddelschmopf. Ein Anblick für sich, keine Frage.

TRÜDDELSCHMOPF Flieetüüü tatah
zipp zapp zerapp na sowas
Anfall
du schon wieder

ANFALL Ich schon wieder
du bist witzig ich
natürlich
pausenlos
na Ente was hab ich gesagt
ich kenn hier jeden Gott die Welt ich
Trüddelschmopf hast du vielleicht
was fellig Weiches
nur ein Kopf

ENTE Ich suche
Hallo
ich mein zapp
äh zippel zupp Quatsch
zong
egal

also äh ich äh ich bin Ente
und ich suche meinen Freund und der
heißt Hundi ist so groß also recht klein und
kennst du den

TRÜDDELSCHMOPF Hundi sagst du
zippel zupp
so ein ganz kleiner so ein frischer
so ein zarter Leckerbissen so ein
oh
schaut mal da drüben
spuckt sie wieder vor sich hin
die Marzipansonne wie schön
für Erdlinge gefährlich leider
spuckt Meteoriten aus
sowas von heiß
aber auch schön ganz schön
gefräßig
so wie ich aber
wo war ich
Marzipan
ach ja du suchst
was suchst du
mich

ANFALL He Trüddelschmopf du
zapp zerapp
jetzt konzentrier dich
so ein Tier

TRÜDDELSCHMOPF Ha ha du meinst dass so was hier
mal einfach so an mir vorbei bloß
nur weil ich mehr Augen hab
und Ohren Köpfe Finger Beine
Erdlinge
ihr habt 'n Knall
die Welt ist groß das All erst recht

das hier ist die Unendlichkeit versteht ihr
hier geht alles
klar
hier wird gekommen und gegangen
setzt sich alles neu zusammen
löst sich jeder einmal auf bevor er dann
ding dong von vorn
was weiß denn ich ob euer Dings
ob es nicht längst zu Sternenstaub
ob es nicht schon –
ANFALL BAMMM
TRÜDDELSCHMOPF – explodiert oder sich äh
verdünnisiert am besten
frag ich mal den Meister
der sieht alles
sogar dich
ENTE Mich
sieht wer
ANFALL Der Meister
Ente
keine Sorge
der ist cool
ENTE Noch so ein Freund
ANFALL Ja nein vielleicht
wie du und ich
ENTE Wie
TRÜDDELSCHMOPF MEISTER KLEISTER UND POPEIS-TER
hörst du mich weißt du vielleicht
wir suchen was
das Folgende
und zwar wir suchen wir
häh
mich

ANFALL Nein Hundi heißt der
TRÜDDELSCHMOPF Richtig
hörst du
Hundi suchen wir
äh die

Stille. Nicht lang, aber unendlich.

ENTE Und jetzt
TRÜDDELSCHMOPF Na jetzt
müsst ihr kurz warten
ein zwei Lichtjahre vielleicht
dann kommt der Meister gibt Bescheid
wenn er
was wolltet ihr noch gleich
ENTE Ein zwei wie bitte soll ich hier
da hat doch meinen Hundi längst
was wenn ihn so'n Meteorit
oder hier so was
Schwarzes Loch
oder noch schlimmer noch so einer
so ein
Anfall
ich will weg
ANFALL Echt jetzt
magst du es hier nicht
TRÜDDELSCHMOPF Man sieht sich Freunde
zoppel zong

Trüddelschmopf zieht ab.

ENTE Ich will sofort zurück nach Haus ich will
zurück auf meine Wiese
Licht und warme Sonnenstrahlen

Duft von frischem grünem Gras von
Gänseblümchen
Regenwürmern
Entengrütze
Fliegenschiss ach
ich will dümpeln
ich will schlafen
ich will träumen dass das alles
dass ich aufwach und das Weltall
das wär alles
einfach weg
ANFALL Ja schön Ente
bist du jetzt fertig
guck mich an ich bin kein Traum
du denkst du tappst im Dunkeln was
dabei hat alles seinen Grund
ENTE Ich bin doch nur ich würd bloß gern ich
hast du denn nicht Heimweh
nein
ANFALL Was soll ich
bitte
blöde Frage
ich will die Unendlichkeit
ENTE Du meinst
du weißt nicht wie das geht
ANFALL Pfui kenn ich nicht und will ich nie
am Ende werd ich noch wie du dann
heule ich weil ich 'n Ding
ein Kuscheltier das auch noch stinkt
ENTE Mein Hundi stinkt nicht ist das klar
nimm das zurück aber sofort
mein Hundi duftet
nach Zuhause
so wie nur ein bester Freund so

wie nur was
das einen kennt
das dich versteht
selbst wenn du schweigst
und dich so mag so
wie du bist

ANFALL So so so so
ich du ich nicht ich ich du nicht
ich ich ich
BAMMM

ENTE Ich hab's
na klar
ha
Hundi wartet
Hundi war nie wirklich weg
der hat sich nur ganz toll versteckt der
wollte dass ich mal für ihn
damit ich ihm erzählen kann
von dem was nicht in Büchern steht
vielleicht hat Hundi sich gedacht
ich trau mich nicht aber die Ente
die zieht los bis raus ins All weil
meine Ente ist so mutig
meine Ente kennt da nichts und dann
am Ende
kommt sie wieder
findet mich an meinem Stein
sitz ich da
ganz still ganz Ohr
und warte
darauf
dass wir

ANFALL BAMMM

4. Im Zwischen

Es ertönt ein Knall von intergalaktischem Ausmaß. Anfall und Ente landen wieder auf der Teichwiese. So hart, wie es die Umstände verlangen.

ANFALL Na toll
na super Ente
Danke
Hallo Erde altes Haus
ENTE Die Wiese
ach wie schön
mein Teich
mein weiches Gras mein schwerer Stein
ANFALL Schnarch
ENTE Hundi
ich bin wieder da
wo steckst du Schlingel
Witzbold du
komm raus ich will dir was erzähln
du glaubst es nicht du
halt dich fest
ANFALL Ente
Hundi ist hier nicht
hat sich doch sonst auch nichts getan
ist alles noch
kein Halm gekrümmt
Original
genau so
gähn
ENTE Hebst du mal kurz mit mir den Stein
bestimmt hat er sich einfach da
ANFALL Ente

ENTE Oder
ich hab's
nicht Hundi nicht
hat sich einfach das Fell gefärbt
grasgrün oder gleich himmelblau oder
patschnass wie Wasser
nein
wie Luft
nicht Hundi
bist du durchsichtig
komm sag mal piep
kalt
wärmer
warm
ANFALL Jetzt wach schon auf
Hundi ist weg
ja ist halt so
gewöhn dich dran
ENTE Nein ich
ich weiß
ich will ich
ich
ANFALL Bei dir geht's immer nur um dich
ja du du
bist halt jetzt zurück
und ich
wär lieber auch nicht da
ENTE Wie
lässt du mich jetzt auch allein
ANFALL Genau
dann bin ich wieder fort
und dort wo's auch mal lustig ist
bei meinen Freunden
irgendwo

man sieht sich
oder eben nicht

Anfall macht Anstalten, sich auf den Weg zu machen. Auch wenn er vermutlich nicht genau weiß, wie ernst er es damit meinen soll.

ENTE Ja pffffhh dann geh doch
bitteschön
viel Spaß da draußen
irgendwo
ich frag mich bloß
die tollen Freunde
warum kommen die nie her
ich mein zu dir
da wo du wohnst
wo ist das eigentlich noch mal

5. Kein Ende

Anfall hält inne, weil er etwas entdeckt: Auf dem Stein hat sich eine Inschrift breitgemacht. Eine Botschaft, hergebeamt aus dem Jenseits. Oder ist das alles schon der Abspann?

ANFALL Huch
was ist denn mit dem Stein
ein
BAMMM
»Für Ente« steht da drauf
ENTE Was meinst du
oh
kann gar nicht lesen
ANFALL Guck doch mal
war das schon immer

da steht
endlich mal was los
steht
»Hallo Ente
bin im Zwischen
keine Sorge mir geht's gut
hast alles richtig gemacht glaub mir
sei sehr glücklich
wünscht dir
Hundi«

ENTE Hundi
Hundi kann nicht sprechen

ANFALL Steht da aber
»Hundi«
ich schwör's

ENTE Wusst auch nicht dass er schreiben kann

ANFALL Also ich find
der macht das gut

ENTE Heißt das denn jetzt
er kommt nie wieder

ANFALL Keine Ahnung was das heißt

ENTE Muss ich jetzt sofort glücklich sein

ANFALL »Sehr glücklich« steht da
dann mal los

ENTE Für mich ist das
als wär's so einfach
wo ich doch grad traurig bin

ANFALL Ich bin wie immer
komm
wir gehn

ENTE Ich sag mir
ich weiß gar nichts mehr

ANFALL Ich find das spannend

ENTE Ich find's schlimm

ANFALL Nur wo jetzt dieses Zwischen ist
ENTE Die Hauptsache
es geht ihm gut
ANFALL Gut ja gut gut ganz wunderbar
ENTE Und ich mach's richtig
irgendwie
ANFALL Ja ganz genau
komm
nichts wie hin
ENTE Wie
wohin willst du jetzt
ANFALL Ins Zwischen
ENTE Aber er schreibt
es geht ihm gut ich
soll mir keine Sorgen machen
da steht nicht
komm schnell hierher
da steht nur
ich soll glücklich sein
ANFALL Ja eben glücklich eben drum
du glaubst doch nicht dass
Ente
hier
ENTE Ja wo denn sonst
hier hab ich's gut hier
kann ich alles sein und nichts
hier kann ich einfach darauf warten
dass das Zwischen
irgendwann
bestimmt
wenn ich grad mir nichts dir
kommt es vorbei und holt mich ab
ANFALL Wie ab
das Zwischen

lebt denn das
ist das so einer
kennst du den
ENTE Ich weiß es nicht
ich glaube nein
aber ich stell es mir gern vor
ich
mach mal deine Augen zu
gib mir die Hand
ANFALL Wie
ENTE Kannst du's sehn

Kurze, besinnliche Atempause.

ENTE Es ist sehr groß
und klitzeklein
es war einmal
und hört nicht auf
es ist so schön
wie du und ich
und schöner noch
wenn wir es wolln
es hat etwas mit uns zu tun
es sieht uns ähnlich
komisch
nicht
wenn du es suchst versteckt es sich
wenn du Geduld hast kommt's vorbei
und kommt und setzt sich einfach zu uns
sagt
ANFALL Hallo
ENTE Oder
ANFALL Da bin ich
ENTE Oder

ANFALL Und
wie läuft's
schon glücklich
ENTE Vielleicht sagt es
ANFALL Bleiben wir
hier
ENTE Vielleicht
ANFALL Zusammen
oder
ENTE Dort
ANFALL Wir könnten
ENTE Am Anfang
ANFALL Auf an bei
ENTE Kein Ende
ANFALL Unendlichunendlichununununun
ENTE BAMMM.

Finn-Ole Heinrich

Die Reise zum Mittelpunkt des Waldes

Monolog für einen Reuber

für axel ranisch,
der mir den weg in den wald gezeigt hat.
hier hast du mein akkordeon –

Szene 1 // Auftritt: Der Reuber, wie er im Buche steht

Michalik richtet während des Einlasses die Bühne für seine Reubershow ein. Mit Stückbeginn verschwindet er hinter einer der Leinwände. Sein Schatten wird sichtbar. Er fängt an, den Reuber zu spielen. Versucht er, das Publikum einzuschüchtern? Er droht, schnauft, brüllt, gurgelt, lacht ein theatralisches Reuberlachen: Haarrrrharr! Ruft Flüche, aus der Zeit gefallene Schimpfworte. Er zeigt seine Muskeln, macht irgendwas kaputt. Es ist ein bisschen merkwürdig, was da gerade passiert. Auch witzig. Aber dem Typen scheint es ernst zu sein.

Szene 2 // Vortrag: Der weltweit einzige Reuberexperte

Der Schatten friert ein, Markus tritt hinter der Leinwand hervor und gibt zu:

Man kann das eigentlich nicht nachmachen. Das ist wie eine andere Sprache. Hunde bellen, Kühe muhen, Frösche quaken – der Reuber grüllt! So hab ich das genannt, weil so macht man das als Forscher, wenn man eine neue Tierart entdeckt, einen Mistkäfer oder so, den noch keiner vor einem je gesehen hat, dann sagt man: Der heißt jetzt Anoplotrupes stercorosus und dann ist das so.
Ich hab schon als Kind davon geträumt, im Amazonas einen Stamm Ureinwohner zu entdecken, die bis jetzt nicht in Kontakt mit der Außenwelt waren. Mit ihnen wollte ich leben, sie erforschen, verstehen, entdecken, wie anders sie wohl waren. Aber die Welt war schon entdeckt, es gab keine dunklen Flecken mehr auf unserem Planeten … Moment mal, keine

dunklen Flecken? Außer … außer vielleicht dieses riesenhafte Waldgebiet, das ich neulich entdeckt habe?! Ein einziger schwarzer Fleck auf Google Maps! Nicht kartographiert?!
Und was hatte es sich mit all den Geschichten auf sich, die sich die Leute in dem kleinen Städtchen, aus dem ich stamme, seit jeher erzählen? Geschichten vom Reuber: dem Albtraum des Teufels, Schrecklichsten der Kontinente, Priester der Bösewichte. Kinder, heißt es, gucken abends unters Bett, aus Angst vor Monstern. Monster gucken abends unters Bett – aus Angst vor dem Reuber. Ein Riese, ein Tier, ein knochenmahlender menschenfressender maximalbehaarter wilder Mann. Stark wie ein Bär mit Machete und Gewehr, schwer wie ein Stier, reich wie mit Anlagepapier. Schnell wie ein Reh. Zierlich? Nö, eher das Gegenteil einer Fee. Schaufelpranken, Raubtiermaul, Gorillamuskulatur, Hirschgeröhr. Such dir was aus. Jeder weiß irgendwas über den Reuber zu erzählen.
Aber gesehen hat ihn keiner je.
Es hieß nur, er sei um die zwei Meter zwanzig groß und schwer wie eine junge Kuh. Er stinke und habe einen langen Bart. Er sei bewaffnet und fresse Menschen, wenn ihm danach sei.
Wer weiß, ob es den Reuber überhaupt gibt, dachte ich, aber natürlich machte ich mich auf den Weg zu ihm.
Und: Es ist wahr! Ich habe ihn getroffen!
Ich habe! Ihn! Getroffen!
Ich! Habe ihn gefunden!
Den: Reuber!!!

Markus grüllt. So laut er kann, er gibt alles, dennoch muss er danach zugeben:

Ja, so ungefähr, es geht so in die Richtung … Man muss es gehört haben, das Grüllen, sonst kann man sich das echt nicht genau vorstellen.

Ihr glaubt mir nicht? Ihr glaubt mir gar nichts, richtig? Aber hier, ich habe Fotos! Beweisbilder! Es sind die einzigen Fotos vom Reuber weltweit! Was ich euch hier präsentiere ist eine globale Weltsensation von weltumgreifendem Ausmaß!

Michalik zeigt die Fotos. Eine Reihe verruckelter, schlecht belichteter Aufnahmen, auf denen je ein Stück Reuber zu sehen ist, jedoch leider nie der ganze: Reuberarm, Reuberbein, Selfie mit Reuberschulter, Reuber hinter Baumstamm, hinter Busch, hinter Feuer …

Es ist mir leider nicht gelungen, den Reuber im Ganzen auf ein Foto zu kriegen. Dass es ihm natürlich nicht recht wäre, damit hatte ich gerechnet, dass es unmöglich wäre, hatte ich nicht für möglich gehalten.
Es ist auch für mich … also, ich hätte schon irgendwie gern … auch wenn es albern ist, aber vielleicht kennt ihr das? Man hat halt gern … Fotos … Erinnerungsgegenstände. Das ist übrigens ein echt hässliches Wort. Ich hab mir deshalb das Wort »Erinnerungsflaschenöffner« ausgedacht. Weil ich mir meine Erinnerungen wie einen Keller in mir selbst vorstelle, wo unendlich viele Flaschen mit all meinen Erinnerungen liegen. Ich kann mir ab und zu so eine Flasche nach oben in mein Wohnzimmer holen, öffnen und austrinken, leerriechen, mich damit übergießen und einreiben.
Leider hab ich kein Foto von seinem Gesicht. Ich hab ihn hundertmal gemalt *(hundert gemalte Bilder vom Reuber)*, aber das ist nicht dasselbe. Und so langsam, langsam wird sein Gesicht unscharf. Kennt ihr das?

Er zeigt ein verwischtes Bild vom schlafenden Reuber neben dem letzten Glimmen eines Feuers. Alles ist scharf, nur das Reubergesicht ist bis zur Unkenntlichkeit stark verwischt.

Ich hatte ein Notizbuch dabei, einen Kugelschreiber, ein Klappmesser, ein Feuerzeug, eine Taschenlampe. Eine Wasserflasche, eine Schnur, ein Fernglas und mein Handy, mit dem ich Geräusche, Klänge, Töne, ganz Gespräche, Geschnurgel und Geknurre aufnehmen konnte. Mit dem ich Fotos gemacht habe. Solange der Akku eben hielt ... Es hat eine Kompass-App und normalerweise habe ich noch in den entlegensten Regionen ein GPS-Signal. Allerdings nicht im Wald. Funkloch. Tote Hose. Elektrisches Sperrgebiet. Außerdem im Gepäck: Chips, Schokolade, ein Sandwich, zwei Liter Cola ...

Er packt alles schnell in einen Rucksack und setzt ihn auf.

Am 20.09.2008 habe ich mich auf meine Forschungsreise zum Mittelpunkt des Waldes begeben.
Das ist ziemlich genau sieben Jahre her. Ich kann es mir gut merken, weil mein Sohn Fulbert jetzt sechs Jahre alt ist. Das ist so eine Eselsbrücke in meinem Kopf, weil ich an dem Tag, an dem ich in den Wald ging, um den Reuber zu suchen, von meiner damaligen Freundin und heutigen Frau erfahren hatte, dass sie schwanger war. Das Alter meines Sohnes plus ein knappes Jahr.
Das ist schon eine Weile her, aber ich kann mich sehr gut an alles erinnern. Außerdem habe ich alles aufgeschrieben, Wort für Wort, alles Wissenswerte festgehalten. Skizzen gemalt, Listen gemacht, Rezepte gesammelt.
Dies ist die Wahrheit über den Reuber, wie keiner sie kennt.

Szene 3 // Der Überfall

Die Reise beginnt. Michalik klappt das Notizbuch auf, liest vor:

»Der Morgen war sonnig und kühl. Ich war sehr früh unterwegs, bereits um 6:21 Uhr erreichte ich den Waldrand. Ich stand und zögerte kurz und überschritt dann die Grenze zwischen Nichtwald und Wald, hüpfte von einem Bein auf das andere, wie über eine unsichtbare Umzäunung und landete auf weichem Waldboden. Ein paar Schritte nur, schon war ich mittendrin – so fühlte es sich jedenfalls an. Hier drinnen herrschte ein eigenes Klima, ein anderer Spätsommer, es war angenehm kühl, ein feuchtknospendes Grün. Der Wald hatte mich geschluckt. Es war nicht zu hell und nicht zu heiß, es war genau richtig, ›walden‹ war es, wie der Waldkenner sagt. Wald eben. Einmal blieb ich noch stehen, zögerte kurz, hielt inne und überlegte, was ich hier eigentlich tat, welchem Risiko ich mich aussetzte, aber dann holte ich Luft oder vielmehr: holte die Waldluft mich, saugte meine Lunge näher zu sich ran – rein in den Wald, zu seinem Zentrum, mitten ins Herz, zu seinem Mittelpunkt. Also ging ich tiefer in den Wald hinein ...«
Ich bin ja ein Stadtkind *(hier gerne weitere biographische Details einfügen)*, geboren in der Stadt, aufgewachsen in der Stadt. Spielplätze, Zebrastreifen, Fußgängerzonen. Immer viel mehr Straßen als Bäume – aber ich muss schon sagen, es gefiel mir. Ich mochte den Wald.

Markus blättert ein paar Seiten weiter, er liest immer nur kurz an:

»... welcher bei einer Höhe von etwa 150-200 Fuß in südöstlicher, nördlicher und ...« – Nein. *Er blättert weiter.* »... Humusschicht von 12-14" Tiefe aus kalkhaltigem Tonboden auf Jurakalk ...« – Nein. *Er blättert weiter.*

Dann wird er scheinbar endlich fündig:

Hier! Das ist die Stelle!

Er liest:

»Die rundliche Kuppe dieses fast tausend Meter hohen Gipfels erhebt sich zwei- oder dreihundert Meter über die umgebenden Berge. Hier oben tanzt und tobt das Wetter.«
Hier hab ich den Reuber... Das war der Moment!
Ich weiß noch: Die Sonne schien und stieg, ich war schon seit Stunden ohne Pause unterwegs und nun ging es auf den Mittag zu und ich wollte mich gerade auf einen der warmen Steine legen, essen, dösen, das Licht genießen, als –

Reuberschatten taucht auf, Getöse, Sound bricht ab.

So plötzlich, einfach so, zackbumm – spürte ich die kalte Klinge an meinem Hals!
Der Wald war mit einem Mal still, kein Rascheln und Rauschen mehr, kein Fiepen und Zwitschern, kein Sirren und Knacken – der Wald hielt den Atem an und lauschte auf die Worte, die zwei warme Lippen knapp hinter meinem linken Ohr sagten ...
»Keine Bewegung. Er kommet mit dem Leben davon, tue er, was Reuber ihm befehlet.«
Ich konnte ihn nicht sehen, nur ein dunkles Huschen, einen Schatten vielleicht. Ich fühlte, wie er mich abtastete, mir die Taschen leerte, sogar den Gürtel hat er mir abgenommen *(könnte als Spielelement genutzt werden: er nimmt den Gürtel ab, seine Hose rutscht also die ganze Zeit. Er muss sie halten, hochziehen und später fragt er den Reuber, ob er seinen Gürtel wiederhaben darf, aber den hat der Reuber wirklich schon gegessen (Leder), war lecker. Und dann muss er sich aus Rinden und Brennnesselfasern*

einen Strick drehen, mit dem er die Hose festbindet), den Rucksack natürlich. Die Aufregung tanzte in mir. Keine Angst. Aufregung.

REUBER Nur Scheiße bei. Is das alles?
MARKUS Sie sind der Reuber!
REUBER Der Reuber, er hat schon gegessen, sonst er würde DICH fressen! Mit Haar und Haut, gar und ganz, plett und kom.

Und dann hörte ich, wie er das Messer zurücksteckte und drehte mich um. Ich sah dem Reuber mitten ins Gesicht. »Ach, Sie sind Kannibale?« Der Reuber grinste breit und dann …

Der Reuber grüllt.

Szene 4 // Das Überfalltutorial

Für das ohrenbetäubende Brüllen des Reubers im Überfallsfall, habe ich, wie schon angeführt, den Terminus »Grüllen« geprägt und dies ist das Erste und fast schon das Einzige, was die Restwelt bislang vom Reuber zu Gesicht bekommen hat. Denn sobald ein normaler Mensch das Grüllen hört, dreht er durch vor Angst und schreit vor Panik. Anders: ich! Weil ich Abenteurer, Forscher bin, Explorer, wie man in Amerika sagt.
Ein von mir so bezeichneter Kleinüberfall, wenn der Reuber also nicht mehr als zehn Leute auf einmal überfällt, läuft im Prinzip immer ungefähr gleich ab: Der Reuber im Rückwärtssalto vom Baum. Bäm! Der Boden zittert. Alles so: klirrr, zittter!!

REUBER Getrauen sie sich nicht, ein Geräusch zu machen. Euch ist ein Reuber vom Himmel gefallen!

Dann ein paar Sekunden Stille, die Panik nimmt Anlauf, dann die Waldspaziergänger so AAAAhhhh! Und der Reuber: Zack. Bäm. Pistole unter die Nase beim Pistolenüberfall oder Messer von hinten gegen den Hals beim Messerüberfall.

REUBER Harrrrrr... Harrrr! Der mörrrderischste Rreuber aller Kontinente befehlet: lasse errr all seine Sachen fallen.

Dann: Grüllen.
Er müsste es nicht machen, denn eigentlich läuft der Überfall zu diesem Zeitpunkt schon und zwar von selbst: Seine Opfer werfen ihre Wertgegenstände von sich und reißen wie von selbst die Hände in die Höhe. Dann wird abkassiert, dann folgt das Fesseln. Natürlich mit Reuberknoten und der geht so:
Den Kreuzpunkt dreimal diagonal und stramm umwickeln. Der Anfang der Schnur ragt nun aus dem Wickel heraus – und zicki, zacki drei Umwicklungen in der anderen Diagonalrichtung, drei um die Taille der Kreuzwicklung und schließlich die Verknotung von Seilanfang und Seilende.
Fertig. Überfall beendet.
Alle Welt kennt den Reuber natürlich nur so, wie er sich ihr zeigt. Also beim Überfall mit Pistole, Messer und Gegrüll. Alle Welt denkt, er spricht wie ein debiler Märchenonkel. Aber das ist alles nur Reubershow. So ist er ja nicht wirklich. Er ist anders, ja, aber anders anders.

Szene 5 // Ausgeraubt

An meinem ersten Tag im Wald durfte ich also einen klassischen Messerüberfall kennenlernen und ich muss gestehen: Es war ein erhebendes Gefühl, ausgeraubt zu werden! Vielleicht der aufregendste und schönste Moment in meinem Leben! Ich hatte den Reuber gefunden!!!
Es dauerte dann allerdings eine halbe Ewigkeit, bis ich den Reuberknoten hinter dem Baumstamm geöffnet hatte. Es dämmerte bereits, ich fröstelte. Ich sah mich um, aber da war nichts außer Wald.

Der Wald wird langsam dunkler, die Schatten länger, alles etwas unheimlicher.

Ein Baum sah aus wie der andere, ich konnte mich nicht erinnern, aus welcher Richtung ich gekommen war, und hatte keine Ahnung, wie ich jemals wieder hier herausfinden sollte. Ich hatte vollkommen die Orientierung verloren.

Szene 6 // Tutorial: Orientierung

Orientierung! Das kommt von »Sol oriens«: Richtung aufgehender Sonne.
Es gibt zwei wichtige Fragen: Wo bin ich? Und wie komme ich an mein Ziel?
Es gibt mehrere Möglichkeiten, sich in der Natur zu orientieren. Zum Beispiel am Wind: Es ist nicht ganz so zuverlässig, aber man kann sagen, dass hier bei uns der Wind meistens aus Nordwest kommt. Der Wind drückt aus dieser Richtung auf die Pflanzen und bringt Feuchtigkeit. Die Pflanzen, die allein stehen und dem Wind Widerstand bieten, haben dann häufig Moosansatz an der Nordwestseite.

Also, wegen der Feuchtigkeit …
Aber woher soll man sowas wissen? Normalerweise, wenn ich wissen will, wo Norden ist, dann guck ich aufs Handy … Wenn ich was futtern will, geh ich zum Kühlschrank, wenn ich auf Klo muss –

Michalik räuspert sich:

Ich bin Forscher, aber das heißt nicht, dass ich mich in Überlebensfragen besonders ausgekannt hätte. Ich sitze im Labor herum und mache Experimente mit dem Mikroskop. Von Survival keinen Plan. Ich hatte mal im Fernsehen gesehen, dass man einen Stock auf einem Stück Holz sehr schnell drehen muss, um damit ein Feuer zu entzünden. Aber habt ihr das mal probiert? Ich hatte Leute mit einer Wünschelrute Wasserquellen finden sehen, aber wie das funktioniert? Ich wollte immer schon ein Baumhaus haben, aber wie man irgendwo oben im Wipfel ohne Hammer und Nagel was baut, wo man wenigstens ein bisschen zu Hause sein könnte?
Ich wusste nicht gar nichts, aber definitiv nicht genug, um in der wilden Wildheit des wundersam wuchernden Waldes ohne fremde Hilfe länger als ein paar Tage zu überleben. Dieser Wald war kein Sonntagnachmittagsspaziergang, keine liebliche Pilzsuchkulisse, sondern ein eigener, urwüchsiger, dschungelartiger, tunnelartiger, raumgreifender, allesbestimmender Kosmos. Mit eigenen Regeln, zum Beispiel der, dass alles, was der Reuber machte und sagte, das Richtige war und alles davon Abweichende folglich falsch sein musste. Und dass der Wald unerbittlich war und tödlich sein konnte, wenn man zu doof für ihn war. Und im Wald ist eigentlich jeder, der nicht der Reuber ist, ziemlich doof. Findet der Reuber.

Szene 7 // Die erste Nacht im Wald

Aber von alledem hatte ich zu diesem Zeitpunkt noch keine Ahnung. Ich wusste nichts über den Wald, ich stolperte nur rum und hoffte darauf, dass der Reuber wiederkommen würde. Und dann kam die Nacht!

Leere Bühne, Nebel steigt auf. Fahles Licht, die langen Schatten unzähliger Bäume. Ein Uhu ruft. Allein liegt der gewaltige Wald.

Hallo? Hallo?! Ist da jemand? Wo bin ich? Hallo? Herr Reuber???

Markus taumelt orientierungslos und winzigklein hindurch. Verzweifelt, planlos, einsam rufend … baut sich schließlich ein Nachtlager, legt sich unter einige Äste, kämpft während des folgenden Textes mit dem Geäst …

Szene 8 // Der Reuber rettet

Ich kaute also auf irgendwelchen Gräsern und Blättern, war kurz davor, Ameisen und Raupen zu probieren, mein Magen knurrte, mein Mund war trocken wie eine Wüste, da … daaaa … drei Champignons! Richtige, saftige Champignons! Riesige Geräte, ganz schöne Gelöte. Davon könnt ich mir eine ordentliche, wärmende, sättigende Pilzpfanne brutzeln. Wenn ich eine Pfanne hätte. Und Feuer machen könnte. Aber auch roh würden sie das Loch in meinem Magen wohl wenigstens für ein, zwei Stündchen stopfen …

Michalik will sich die Schatten-Champignons zum Mund führen, da taucht der Reuber auf, großes Getöse … Schatten, Grüllen, Pilz fällt, Markus kurz starr, dann höchsterfreut.

REUBER Was grinset er wie ein debiles Pferd? Mann, das is kein Champignon, du Lurch. Das is'n Knollenblätterpilz, so ungefähr das Giftigste, was du im Wald finden kannst. Ich hab keinen Bock, dass du hier tot im Wald rumliegst und verfaulst. Weißt du, wie das stinkt?

Der Reuber, er war mir zu Hilfe geeilt! Das hier ist nämlich gar kein Champignon. Das ist ein Knollenblätterpilz, auch genannt: der grüne Gift-Wulstling – hochgefährlich, bei Verzehr kommt es zu einer tödlichen Pilzvergiftung durch Leberversagen. Tja, also dieser Wulstling hier, der hat es ...

REUBER Und jetzt siehst du zu, dass du Land gewinnst. Mach dich vom Acker, und komm nieniemals wieder! Hörst du? Ein für alle Mal! Da geht's lang. Wenn ich dich nochmal hier sehe, beiße ich dir die Ohren ab.
MARKUS Naja, Wahrscheinlich eher nicht!
REUBER *grüllt* Rrrrroaaaarrr!

Ich weiß noch: ich freute mich, diesen Mann zu sehen, auch wenn das komisch klingt. Ich konnte in den Augen des Reubers ein Glimmen sehen, das mich auf Anhieb beruhigte. Ein warmes Lodern wie von Glut, an der man sich die Finger wärmt. Kein Feuer, das deine Hütte abbrennt. Ich hatte ja schon die ganze Zeit vermutet, dass er in der Nähe war und mich nicht aus den Augen ließ. Aber jetzt endlich konnte ich ihn sehen, mit ihm sprechen, ihn fragen ... Ich wusste von Anfang an, dass ich nicht in Gefahr war.

REUBER Du zitterst echt nicht, ne? Alles okay mit dir? Bist du krank? Keine Angst oder was?
MARKUS Nö.
REUBER Das ist... nicht normal!

MARKUS Ja, ich … äh, ich hab den Ausgang nicht gefunden. Ich bin, ich muss sagen, ich finde, also, ich meine …
REUBER Was?
MARKUS Naja, ich bin ein Stück weit verloren, so allein im Wald. Ich brauche Ihre Hilfe … Sonst stolpere ich hier noch tagelang rum und mache Lärm.
REUBER Halt mal den Rand, du Sabbelkopp, es kann nich angehn, dass du keine Angst vor dem Reuber hast.

Und dann nahm der Reuber meinen Kopf in seine riesigen Hände, eine umfasste mein gesamtes Kinn, die andere meinen Hinterkopf, und er drückte seinen Mund auf mein Ohr und pustete hinein. So etwas habe ich noch nicht erlebt. Er pustete mir in den Kopf! Durch den Kopf hindurch, ich konnte den Windzug aus meinem anderen Ohr kommen spüren. Was ich nicht spürte war: Angst.

REUBER Was bist du bloß für eine seltene Laus? Keine Angst vorm Reuber, aber zu blöd, zwischen zwei Bäumen durchzugehen, oder was?

Ich fühlte mich auf eine so tiefe Weise zu ihm hingezogen … ich hatte das Gefühl, dass die Luft vibrierte zwischen uns … äh, aber zurück zu den Fakten:
In meiner Erinnerung ist er doppelt so groß wie ich, drei Mal so schwer, und hat Arme wie ich Beine, und sein Maul ist so groß, er könnte damit Honigmelonen essen wie ich Pflaumen. Aber das ist Quatsch …
In Wirklichkeit ist er nur wenige Zentimeter größer als ich … Ich hab den Reuber später mal im Schlaf vermessen. *Blättert im Notizbuch, findet seine Aufzeichnungen, liest vor:* Sein Arm hat eine Gesamtlänge von 47 Daumenbreit – ein kompliziertes Messverfahren, aber wie soll man das im Wald sonst machen … sein Schulterumfang beträgt sechs Hand-

spannen und seine Augenbrauen sind doppelfingernageldick. Er trägt dicke alte Socken mit vielen Lüftungslöchern, lange Unterwäsche für kalte Tage (ungewaschen seit mindestens vier Jahren), einen Fellmantel und einen Gürtel mit Messer, Pistole, Seil und Fernglas. Unter einer merkwürdigen Art Hut hat der Reuber langes, nass aussehendes Haar und er hat wirklich auffallend weiße Zähne hinter einem Vorhang aus dunkelbraunem Bart. Ach ja, und nicht zu vergessen: Manchmal trägt der Reuber auch 'ne Augenklappe. Aber nur zu speziellen Anlässen.

Währenddessen das Reuberbild aufbauen. Der Schatten mit Hut, Waffen, exakter Größe. Er malt den Reuber in den Raum …

Vielleicht war der Reuber auch ein bisschen an mir interessiert. Vielleicht war ich ein seltenes Lebewesen für ihn. Ich, Markus Michalik, ein Mensch, der keine Angst vor ihm hatte. Jedenfalls gab er mir die Gelegenheit, ihm siebenhundertvier Stunden auf Schritt und Tritt zu folgen. Ich habe beim Reuber gewohnt, ich habe ihm auf die Finger geschaut, einen guten Monat lang habe ich ein Reuberleben geführt und wie er im Wald gehaust. Habe Reuberfraß gefressen, unter freiem Himmel geschlafen, nach Rauch und Moos und Laub gerochen, ja, ich habe Spaziergänger erschreckt und ausgeraubt.
Siebenhundertvier Stunden, das sind mehr als neunundzwanzig Tage, fast ein ganzer Monat! Nicht lange, um ein ganzes Reuberleben zu erforschen, aber immerhin. Mehr als je ein Mensch zuvor.

Szene 9 // Die Reise beginnt

Eventuell als Text aus dem Off.

Bist du mal in einem Wald gewesen? So richtig? Hast du dort mal übernachtet? Hast du die Geräusche des Tags mit denen der Nacht verglichen? Hast du gebibbert und gezittert? Bist du tagelang umhergeirrt und hast versucht, dich im Wald nur vom Wald zu ernähren? Nein? Dann bist du nie im Wald gewesen. Du weißt nicht, was das heißt: Wald. Weil Wald, das ist nicht nur Sonnenschein und Pilze suchen. Trampelpfade und Kastanienweitwurf. Ostereier suchen oder Beine vertreten, Gassi gehen. Der Wald ist vor allem tief und geheimnisvoll.
Wald besteht aus Dunkelheit, Raupen und Spinnweben, Maden und Larven. Millionen und Milliarden toter Tiere, Pflanzen und Bäume. Der Wald ist ein riesengroßes Lebewesen, das sich selber frisst und neu gebiert. Ein ganzes eigenes Universum.

Währenddessen kann Michalik irgendwas rumräumen, sich bereit machen. Gleich geht es los … Und dann sagt er:

Nur wer den Reuber kennt, kennt wirklich den Wald. Denn er ist ein Teil des Waldes. Und der Wald ist ein Teil von ihm. Deshalb muss man den Wald verstehen, wenn man den Reuber verstehen will.

Schnelle Bewegung rein in den Wald. Szenisches Bild: Die Reise zum Mittelpunkt des Waldes!

Und dann rannte der Reuber los: Er glitt nur so durch den Dschungel, wie ein heißes Messer durch ein Stück Butter. Ich – einfach hinterher, blind und stur. Er schoss durch die

Bäume, ich rumpelte ihm nach. Er kroch in Höhlen, ich tastete mich hinterher, er kletterte auf Wipfel, ich kraxelte hinauf und von da aus weiter in den nächsten Baum auf der anderen Seite von irgendwas. Immer dem Reuber nach, einfach hinterher, am besten ganz genau wie er, auch wenn mir das aus vielen Gründen kaum möglich war. Mehrere Stunden, immer tiefer hinein, alles andere egal. Vielleicht bis zum Mittelpunkt des Waldes.
Ich hatte keine Sorgen im Kopf wie sonst, ich fühlte nur das Prickeln in den Knien und das Brennen in der Brust. Ich hatte mehr Spucke als Gedanken im Kopf. Im Gegensatz zum Reuber war ich so sportlich wie ein Sack Schrauben.

REUBER Du bist vielleicht 'n Lappen. Gelenkig wie 'ne Kiefer und schnell wie Moos – viel Spaß im Wald, du Gammelschlumpf! …

Und ich sehnte mich schon nach dem gemütlichen Reubernest. Ich dachte natürlich, der Reuber hätte irgendwo ein Baumhaus oder eine Hütte oder eine muckelige Höhle, aber der Reuber …

Szene 10 // Tutorial: Wie der Reuber wohnt

REUBER Also Häuser kann ich gar nich haben! Da bin ich allergisch, ich war wohl schon mal in einem drin gewesen, aber ich fühl mich da nich wohl. Wenn ich da zu lange drin bin, wird mir schwindelig, da fallen mir die Haare aus. Häuser sind unverschämte Mistgelöte: drängeln sich fett in die Landschaft und stehen dann dick da, ob sie hinpassen oder nicht. Hundertausend Jahre ist es an diesem Fleck der Welt langsam gewachsen und geworden. Dann kommt das Haus und pflanzt seinen fetten steinernen Hintern mitten in dieses langsam gewachsene Wunder.

Ja, schade eigentlich ... Je nach Wetter, Lust und Laune hält sich der Reuber also mal hier, mal dort, mal irgendwo auf. Manchmal wie ein Vogel in den Wipfeln der Bäume, manchmal wie ein Fuchs in einem Bau, wie eine Fledermaus in einer Höhle, gern im Schlamm wie ein Wildschwein. Wenn der Reuber witterungsbedingt einen Unterschlupf benötigt, bastelt er sich an Ort und Stelle etwas Passendes zusammen:

Bildershow: Überhang, Blockhöhle, Baumhaus ...

Tutorial

- Mit dem Bau eines Unterschlupfes muss stets rechtzeitig begonnen werden, damit der Unterschlupf samt Einrichtung vor Einbruch der Dunkelheit fertiggestellt ist.
- Der Mindestplatzbedarf beträgt pro Person 1,5 m^2. Beim Reuber eher das Dreifache wegen der großen Muskelmassen.
- Die Höhe des Schutzbaus sollte aufrechtes Sitzen ermöglichen.
- Der Eingang sollte an der windabgelegenen Seite liegen.
- Natürliche Gegebenheiten des Ortes müssen unbedingt ausgenutzt werden.
- Neben handwerklichem Geschick entscheiden Phantasie und Improvisationskunst über das Gelingen des Baus.

In meiner Erinnerung waren die Reubernester warm und weich, und es hat nie lange gedauert, sie zu bauen. In meiner Erinnerung klatscht der Reuber drei Mal in die Hände, steckt den Zeigefinger in den Mund, lässt ihn mit so einem Ploppgeräusch rausschnalzen und sagt: Zack, feddich: hingehaun. Und dann ließ er sich auf sein gut gepolstertes Lager fallen und blies minutenlang in die Glut. Aber so ist es natürlich nicht gewesen. Jeder, der mal zelten war, weiß, wie nervig das ist: jeden Tag das Zelt auf- und abzubauen. Und dann regnet es. Und man ist müde. Und es ist kalt. Oder zu heiß. Die Mücken. Die Zecken. Die Läuse. Der Matsch. Die krabbelnden Käfer, die knurrenden Kröten und knarrenden Knorpel im Wuseln der wilden Wipfel. Die schrecklichen Schatten, der neblige Grusel, der in der Dämmerung aus dem Boden steigt. Es ist ein verflucht anstrengendes Leben, so ein Reuberleben. Und man könnte es sich durchaus sehr viel gemütlicher machen im Wald, ein Häuschen haben, Vorräte und einen Ofen. Aber der Reuber – aus welchen Gründen auch immer, ich kann nur spekulieren – tut es nicht. Er hält es nicht aus in Hütten und Häusern. Ihm wird darin eng, er wird traurig und fühlt sich eingesperrt. Warum auch immer. Es ist nicht so, dass der Reuber einem hier groß was erklären würde …

Ich hätte gern mehr erfahren, alles am liebsten, aber ich hatte nur vier Wochen, das hier ist alles, was die Menschheit über den Reuber weiß.

Szene 11 // Der erste Abend am Reuberfeuer

Unser erstes Nachtlager. Ein Feuer und um das Feuer herum eigentlich nichts. Nur schwarze Bäume und ein krabbelndes, schnarrendes, kribbelndes Rufen dieser fremden Waldwelt. Ich holte die Packung Chips und das nicht mehr ganz so frische, in Alufolie gewickelte Sandwich aus meinem Rucksack. Im Nachhinein wirklich erstaunlich, dass der Reuber mir den Rucksack nach dem Überfall wiedergegeben hat. Normalerweise rückt er seine Beute nie und nimmer wieder heraus. Wahrscheinlich war ich der einzige Mensch, dem er überhaupt je etwas wiedergegeben hat. Der Reuber muss es also auch gespürt haben …

Ich zuppelte ein bisschen Alufolie von dem labbrig gewordenen Brötchen und reichte es dem Reuber. Für ihn waren es zweieinhalb Bissen, vier Mal gekaut. Mit Folie, ich sagte lieber nicht, dass sie vielleicht krebserregend ist oder so, ich war mir auch gar nicht ganz sicher. Ich nickte und reichte dem Reuber ehrfürchtig auch die ungeöffnete Tüte Chips. Der Reuber nickte, wir verstanden uns, irgendwie. Er warf die komplette Packung mitsamt der silbrigen Plastikfolie in seinen Mund, kaute kurz und schluckte. Ich musste an den Müllwagen denken, der in der Stadt durch die Straßen fährt und von zwei orangefarbenen Männern mit Schaufeln gefüttert wird.

Wir teilten uns noch die Schokolade und die Flasche Cola, wobei der Reuber grundsätzlich in einem Verhältnis von etwa mindestens 95 zu 5 % teilt.

Dann fiel der Reuber einfach von einem zum anderen Moment um und ich befürchtete schon das Schlimmste, Tod durch Alufolie, aber dann … erklang dieses beeindruckende, beruhigende, mückenvertreibende Schnarchen.

Ich lag auf dem Rücken, glotzte in die dunklen Wipfel über mir und in das vereinzelte Blitzen von fernen Sternen dazwischen und dachte darüber nach, was für ein zauberhafter Zufall es war, dass ich nun genau an diesem Punkt des Planeten, ausgerechnet neben diesem Wesen lag, und ich hoffte sehr, dass ich auch morgen, wenn ich wieder wach würde, noch in der Nähe des Reubers liegen würde.

Szene 12 // Rauserzählen

Am Anfang hat der Reuber so gut wie gar nicht mit mir geredet. Wir gnurrten nur und raunten, schnalzten, bellten, glumperten und röllzten. Er zeigte, ich guckte. Es war nicht leicht, an ihn heranzukommen. Er ist es nicht gewohnt, seine Zeit mit anderen zu teilen. Dabei lässt er sich durchaus gerne unterhalten: Einmal, da holte ich nach dem Essen mein Handy raus und damit ging es los …

Handy leuchtet + Begrüßungssound.

REUBER Wassas einklich?

Das war die erste Frage, die der Reuber mir stellte. Endlich. Ich zeigte ihm mein Handy (noch 7 % Akku – na toll) und erklärte ihm alle Funktionen und dachte dabei: Er kennt keine Handys? Wie lange lebt dieser Mann schon im Wald?

REUBER Haha … ein viel zu kleines Ding, das Strom braucht und im Wald nicht funktioniert und das ist die Fernbedienung für die Welt da draußen?

Reuber schüttelt sich vor Lachen, kichert atemlos, Lachen wird abgespielt, beruhigt sich …

Mir ist es einmal gelungen, dieses Lachen aufzunehmen! Vierzehn weltweit absolut einzigartige Sekunden! Und dann hat sich der Reuber irgendwann wieder beruhigt …

REUBER Da hast du dir schön einen rausgedacht, ne!? Du bist ja ein richtiger Rausdenker.

Rausdenken – damit meint der Reuber eine ausgeprägte Neigung zum Erzählen von Geschichten. Und das Rausdenken wurde zu einem richtigen Spiel zwischen uns.

REUBER Jo, komm, denk dir noch einen raus!

Immer wieder musste ich einen rausdenken.

REUBER Einen denkst' dir noch raus jetzt … Vorhang auf, haha!

Und ich erzählte von Klarsichtfolie, Anti-Aging-Lotion und Nasenhaartrimmgeräten – und der Reuber lachte sich schlapp. Kicherte wie ein Mädchen. Sah aus wie Wackelpudding bei Erdbeben.
Er glaubte, ich würde mir die witzigsten, absurdesten Geschichten für ihn ausdenken, dabei erzählte ich von den normalsten Dingen der Welt: Joghurt mit bunten Streuseln im Knickbecher, Tetrapack und Powerbank. Datencloud und All-You-Can-Eat-Sushi. Der Reuber hämmerte vor Lachen seinen Kopf gegen den Stamm einer Kastanie und es regnete Maronen. Manchmal, und das liebte ich besonders, haute er mir etwas zu doll auf die Schulter und lachte sich scheckig. Es tat eigentlich ein bisschen weh, aber es hat sich gut angefühlt, so als wären wir uralte Kumpels.

Szene 13 // Tutorial: Ein Tag beim Reuber im Schnelldurchlauf

Michalik in seiner Paraderolle. Reuber- und Waldinfotainment. Mit der Eleganz einer 80er-Jahre-Fernsehsendung präsentiert Michalik einen Reubertag. Eine kleine, einstudierte Performance.

Während er einrichtet:

Der Reuber gehört nicht zu irgendwelchen anderen! Der Reuber macht sein eigenes Ding. Und man kann auch nicht einfach mitmachen beim Reuber, das ist dann vielleicht gleich das nächste, was man wissen sollte. Ich aber durfte. Ich durfte vom Reuber lernen. Wissen und Können. Taten statt Warten.

13 a Löwenzahnkaffee

Reuberregel Nummer eins: Kein Tag darf sein wie der andere, aber jeder Tag beginnt mit einer Tasse dampfendem Kaffee. Kaffee? Kaffee im Wald? Ja genau, richtig gehört! LÖWENZAHNKAFFEE! Geht so ...

Markus geht in den Wald, holt zwei, drei Löwenzahnpflanzen mit Wurzeln.

Tutorial, Kochshow-Style: Ich habe das hier mal vorbereitet ...

- Löwenzahnwurzeln sammeln (am besten noch vor der Blüte im Frühjahr)
- die Wurzeln in kaffeebohnengroße Stücke schneiden und trocknen lassen
- die Wurzelstücke mit ein wenig Öl in der Pfanne anrösten und
- die Wurzeln zur Zubereitung eines Kaffees frisch malen, zum Beispiel zwischen zwei flachen Steinen.
- Achtung: Das Pulver nur zwei, drei Minuten im heißen Wasser ziehen lassen, sonst wird's bitter.
- Na dann ... Wohl bekomm's!

13 b Pfeil und Bogen

Markus prostet mit der Tasse zu.

REUBER Komm mit. Will dir was zeigen.

Sagte der Reuber und dann ging es los. Ich glaube, dass der Reuber in den seltensten Fällen vorher wusste, was er mir zeigen wollte, er sagte das einfach so und wusste, dass es unterwegs eigentlich überwiegend ausschließlich Dinge geben würde, die er mir zeigen konnte.
Er drehte sich um und wetzte los. Wir jagten im Halbsprint durch den Morgen. Der Wald war noch im Halbschlaf, aber der Reuber und ich, wir schossen wie Pfeile durch die träumenden Bäume. Gut zwei Stunden querwaldein. Lichter Laubwald. Moosige Hänge. Den Bach hinab. Den Berg hinauf. Dichte Tannenwipfel. Schwapfend über moorigen Boden. Dann eine ganze Weile steil bergauf, eine Ebene entlang, durch ein Feld korkenzieherartig gewachsener Buchen, hinter denen urplötzlich der Felsen abbrach. Dahinter ging es steil bergab. Hunderte Meter tief. Der Wald teilte sich horizontal in einen monströsen, gleißenden Himmel über uns und einen endlosen Teppich aus Bäumen unter uns. Ein weites grünes Tal.
Von so viel Ausblick wurde mir ein wenig schwindelig. Der Baum, an dessen Ast ich mich hielt, wuchs exakt auf der Kante des Felsens, am Rande der Schlucht. Mutiger Baum, dachte ich, denn sein Wipfel lehnte weit über den Abgrund hinaus.
Ja, und dann hab ich's so rascheln hören hinter mir und ich dreh so ganz langsam den Kopf und ich sehe, wie der Reuber sich … naja, auszieht. Ja. Komplett. Das, also, er macht das eigentlich jedes Mal. Also, wenn er … Ich war sonst nie dabei. Als er sich auszog schon, aber dann verschwand er ja … also jedenfalls stieg der Reuber in den Baum – klet-

terte hoch in den Wipfel der Buche und lief bis zur Mitte eines beindicken Astes, der sich über die Schlucht kringelte. Er ließ sich auf die Rückseite seiner Oberschenkel fallen, wumms, selbstsicher und todesmutig wie ein Hochseilartist. Mir stockte der Atem ... ja und dann, ähm. Also. Wie soll ich sagen? Naja ...

Michalik wechselt entschlossen in den Vortragsmodus.

Gut. Auch wenn es ein Thema ist, das den ein oder anderen schrecken mag, weil es etwas, naja, abstoßend ist – aber auch das gehört in das Feld der Wissenschaft! Ein Forscher macht keinen Bogen um Exkremente – er untersucht sie!
Reuberkot. Die gefundenen, gewogenen, vermessenen, untersuchten Exemplare wogen zwischen etwa zwei und sechseinhalb Pfund. Beachtliche Bergchen, ameisenhügelhaft. Elefantöse Ausmaße, exkremental gesehen. Reuberkot ist häufig einarmig oder einspurig, wie man unter Reuberkotexperten sagt, also aus einem Stück. Keine kleinen Köttel, eher ein amtlicher Ast.
Deshalb sagt der Reuber auch gern: Ich geh mir 'nen Ast aus'm Rücken drücken.
Achtung, Baum fällt.
Die braune Schlange in die Schlucht schmeißen.
Die dunkle Kutsche aus dem Schuppen schieben.
'Ne Liane in den Himmel hängen ...
Wenn ich mir den Reuber in der Stadt vorstelle, dann ist er dort irgendwie fehl am Platz. Ich meine: Stellt euch das mal vor! Man läuft durch den Park und im Baum sitzt ein nackter Mann und ... Na ja, in der Stadt wäre er wahrscheinlich das genaue Gegenteil des Supermanns, der er hier im Wald ist.
Der Reuber im Wald ist wie eine Kaktee in der Wüste: am richtigen Platz, ideal angepasst, superlebensfähig. Eine

Kaktee wächst nun mal nicht im Moor, weil die äußeren Umstände nicht passen, sie geht ein. Die Stadt steht dem Reuber nicht. Aber im Wald, da ist er maximal qualifiziert. Was für ein Wesen! Stark und elegant. Erhaben irgendwie. Erleuchtet?

Markus holt von draußen einen langen, geraden, übermannsgroßen Ast auf die Bühne, daran möglichst noch Zweige und Blätter. Er bearbeitet den Ast. Trimmt und kappt ihn, schnitzt ihn zurecht, kerbt ihn ein. Er zeigt und erklärt immer mal wieder zwischendrin kurz, was er tut, ohne jedoch schon zu verraten, auf was das Ganze hinausläuft (er baut einen Bogen und dazu einen Pfeil). Sehr »Ich hab das hier mal vorbereitet«-mäßig, alles geht zack, zack: Du schnitzt hier, du machst da dies und dort das, dann Knoten, zack, spannen – und dann könnte irgendwas schiefgehen, ein Band reißen, eine Kerbe an der falschen Stelle... Markus muss die Sache lösen, er muss schnell etwas neu schnitzen oder den nächsten Schritt live auf der Bühne machen. Kein Problem.
Markus ist fertig mit dem Bogenbau, zeigt stolz das fertige Gerät, führt ihn vor. Dann steht er da, mit dem Bogen. Was soll er jetzt damit? Kurz ist das komisch, dann legt er ihn weg.

13 c Tarnen

Als ich mit dem Reuber mal auf Pirsch ging – so nannte er das – bestand er darauf, dass wir uns tarnen. Dann haben wir uns in so Blätter eingewickelt und einen halben Tag lang ein paar Waffen durch den Wald getragen, aber ehrlich gesagt glaube ich nicht, dass der Reuber gerne jagt. Er wollte mir einfach nur zeigen, dass er auch das kann wie kein anderes Wesen in den Weiten des Universums, aber privat, so als Reuber, hat er das nie gemacht. So, wie ich den Reuber kennen gelernt habe, ist er eher Sammler als Jäger.

Markus schießt einmal mit Pfeil und Bogen, es geht tendenziell eher daneben.

13 d Die Kastanie

Die Lieblingswaffe des Reubers ist jedoch die Kastanie. Die Würfe des Reubers sind Schüsse, er kann damit Obst vom Baum holen, Vögel vom Himmel, Bären vertreiben, Fische fangen, Äste ab»sägen«. Er trifft Mücken und Fliegen im Flug, er erlegt ein ausgewachsenes Wildschwein mit drei präzise gefeuerten Kastanien – wenn er will. Die Kastanie wird dabei von den Fingerspitzen mit einem Drall weggeschnippst, dessen Drehachse in Flugrichtung verläuft. Keine Übertreibung: Von vierundzwanzig Würfen treffen dreiundzwanzig ihr Ziel. Exakt. Der vierundzwanzigste geht ein, zwei Millimeter daneben.

13 e Frühsport

Dann ist Abend und der Reuber macht Frühsport:
Ich habe schon probiert da mitzumachen …

Markus macht Liegestützen, dabei:

Allein Liegestützen. Ich schaffe: dreieinhalb. Der Reuber? Unendlich. Er picknickt dabei. Manchmal hebt und senkt sich der Reuber liegestützenmachenderweise durch ein Heidelbeerfeld – solange, bis es leer ist.

13 f Feuer

Feuer! Braucht man, um sich zu wärmen, Essen zuzubereiten, Wasser abzukochen, Klamotten zu trocknen und um was zum Gucken zu haben.

– Der Reuber mag kleine, heiße Feuer, die machen am wenigsten Ärger, sie brauchen weniger Holz, lassen sich leicht regulieren und man kann nah ran.
– Damit das Feuer nicht zu schnell herunterbrennt, macht der Reuber in windgeschützten Ecken Feuer, oder er baut dem Feuer einen Windschutz.
– Je trockener das Holz, desto besser brennt es und desto weniger Rauch steigt auf.
– Der Reuber entzündet das Feuer mit der Königsdisziplin des Feuermachens: dem Feuerbohren. Benötigt wird ein Druckstück, ein Bohrer, ein Bogen, ein Bohrbrett, getrocknetes Gras als Zunder und wirklich jede Menge Schweiß. Man muss drehen, bis zur absoluten Erschöpfung, mit aller Kraft und im Höchsttempo und wenn es dann ein bisschen qualmt und raucht, dann ...
– ... sanft anblasen ... aus einer Entfernung von roundabout 15 Zentimetern.

Markus bläst das Feuer an.

Szene 14 // Eine Reubergeschichte

Evtl. aus dem Off.

Hast du mal ins Feuer geguckt? Dir die Hand gewärmt, die Jacke getrocknet, einen Fußzeh aufgetaut? Hast du Brot gebacken und Kartoffeln in die Glut gerollt? Kannst du es riechen, das Feuer? Hörst du sein Schmatzen und Knab-

bern, das Rülpsen und Schnattern? Hast du mal am Feuer gesessen, den Blick ins Lodern der Flammen gerichtet, die Zeit vergessen, bist im Jetzt gewesen? Im Feuer, wo die Geschichten wohnen? Dann weißt du, was ich meine.
Und der Reuber? Er taut auf am Feuer. Tagsüber war er meistens maulfaul und ließ sich von mir entertainen. Dann dachte ich einen raus und erzählte von meinem Staubsaugerroboter zu Haus. Ich konnte wirklich erzählen, was ich wollte, es wurde ein Erfolg. Der Reuber kicherte über Mobbing, er schnarrte beim Wort Hashtag, gurgelte, als ich ihm erklärte, wie man per Kreditkarte bezahlt. Ich kitzelte ihn mit Worten und das war wirklich schön. Aber es hat mich irgendwann irgendwie auch ein bisschen genervt, dass es nie, also dass er sich einfach nicht für mich, also ich meine: Eigentlich hätte da jeder stehen und ihm von Permanent Make-Up und Cyberwar erzählen können.
Jedenfalls abends am Feuer, da ließ der Reuber erst kurz mich rausdenken und erzählen, aber nur um sich aufzuladen, abzulachen, locker zu machen, die Geschichten zu dehnen, den Erzählmuskel auf Betriebstemperatur zu kriegen. Und dann setzte er seine Geschichten auf meine, wie eine Kuh auf einen Kaninchenköttel kackt. Er setzte sich auf, sah in die Flammen, holte aus. Atmete ein. Zwei, drei Minuten lang – und erzählte Geschichte um Geschichte, ordentlich raus. Geschichten von sich. Sie handelten von ihm. Ausnahmslos ein einziger Held, Subjekt in jedem Satz: der Reuber.

Der Reuber erzählt in einem Schattenspiel eine seiner Geschichten:

»Es war einmal ein wildes, böses Kind, das niemals schlief. Es gehörte nirgendwohin und biss die anderen und schubste sie um. Es hatte Kraft, mehr als alle anderen sonst. Wenn die Leute es sahen, so sprachen sie: Was ist das für ein Kind?

Was tut es da? Wohin mit ihm? Es lebte alleine, keiner wusste wo. Eines Tages tauchte es einfach auf. Einige sagten, es sei aus dem Wald gekommen.
Der Junge hörte nicht auf zu wachsen, wurde stark und immer stärker. Er warf mit Menschen, stemmte Wagen, zerbog Zäune, zertrümmerte Türen, ließ sich nicht ketten und brach alles entzwei: Scheiben und Schilder, Tore und Fenster, Regeln und Gesetze, die ganze Stadt. Allen, die ihm zu nah kamen, brach er das Herz. Sie alle glaubten, sie könnten dafür sorgen, dass er sich änderte und lernte, seine Kräfte zu kontrollieren, aber was auch geschah, wer auch kam und mit ihm sprach, der Junge brach alles kaputt, weil er fühlte, dass er sollte. Und Sollen ist die Vorstufe von Müssen und Müssen konnte dieser Junge nicht.
Mit den Füßen, Schritt für Schritt, stieß er Löcher in den Asphalt, mit den bloßen Händen verknotete er Laternen aus Stahl, er spuckte Dellen in die parkenden Wagen und machte mit den Fingern Schrammen in die steinernen Wände der Häuser. Auf der ganzen weiten Ebene soll keiner jemals je gewesen sein, der ihn hätte halten können. Er war der Stärkste der Welt und brauchte keinen Schlaf. Darum fürchteten sie ihn so sehr. Er hatte sich überlegt und zur Gewohnheit gemacht, sich nach dem Kampf von seinem Opfer ein Stück Fleisch abzuschneiden, dann salzte er es gut und aß es roh und grauchte dabei. Vor aller Augen. Das war, um die Leute das Fürchten zu lehren: vor dem Reuber, wie er sich nannte.
Nach vielen tausend Kämpfen wurde der Junge müde, das kannte er nicht. Er legte sich hin und schlief ein paar Jahre lang. Die Leute trauten der Ruhe nicht, dass ausgerechnet der Junge, der zu allem fähig war, sich zur Ruhe gelegt haben soll. Sie wachten rund um die Uhr an seinem Lager, sie wechselten die Schichten und sahen ihm zu wie er schlief und träumte, schlief und träumte. Nach einigen Monaten

fingen sie an und bauten einen Käfig um ihn herum, mit Mauern so dick wie eine alte Eiche hoch. Der Junge verpuppte sich nur und wurde ein Mann. Er sammelte Kraft für etwas sehr, sehr Großes und träumte davon, jede Nacht ein weiteres Stück. Nach über sieben Jahren wachte der Reuber gut erholt auf und wusste, was er wollte. Er lachte die Menschen und das Gefängnis, in das sie ihn gemauert hatten, aus und stand einfach auf, schob die Decke aus Stein zur Seite und ging nach weit weg. Und dort baute er den Wald. Er hatte Durst und trank einen Fluss aus, mitsamt aller Fische und einiger Biber und Ratten, dann sammelte er Bäume, schob ein Gebirge zusammen, leitete Flüsse um, staute Seen und würzte alles mit wilden Tieren und tausend Insektensorten. Hier stellte er die Uhren auf Null und fortan lebte der Reuber im Wald, wo ihm das Essen in den Mund fliegt, seine Opfer sich selbst ausrauben und keiner ihn je stören oder mit Kanonen jagen könnte. Und so lebt der Reuber fern von allen Menschen, so wie er will, im Wald allein bis an sein Lebensende … So war das gewesen.«

Ach, ich weiß auch nicht … manchmal ist mir der ganze aufgeblasene Quatsch auch richtig auf die Nerven gegangen. Ich meine, dass der Reuber wirklich mal etwas von sich erzählt? Wer er war, woher er kam, wen er hatte zurücklassen müssen vielleicht. Das alles verschweigt der Reuber, er ist der Reuberreuber, wie er im Buche steht und alle Welt ihn kennt, und näher darf kein Mensch heran.

Was mich bewegt, worüber ich nachdenke, vor welchen Fragen ich in meinem Leben stehe, glaubt ihr, sowas juckt den Reuber? Es interessiert ihn wie die Läuse im Pelz der Kaninchen: gar nicht.

Und ich will ja jetzt nicht von meiner Person reden, das tut nun wirklich nichts zur Sache, es geht hier rein um die wissenschaftliche Untersuchung des Reuberwesens und nicht um den Wissenschaftler oder Menschen Markus Michalik. Aber natürlich hätte ich ihm zum Beispiel gern auch mal von mir erzählt ... das ein oder andere. Ich hatte schon das Gefühl, mich dem Reuber ein wenig zeigen zu wollen. Ich wollte ihm nicht nur von den Requisiten meines Alltags erzählen, dem Bürostuhl mit Sitzhydraulik oder der Überwachungskameraattrappe vor meiner Haustür. Ich hätte ihm gerne ein paar Dinge von mir gezeigt. Von meinem Leben erzählt, von meiner Familie. Davon, dass ich Vater werden würde. Aber der Reuber war nur an sich selbst interessiert.

Szene 15 // Miese Stimmung

Michalik schlägt das Notizbuch auf und liest vor. Atmo: Regen im Wald.

»02.10.2008. Ein schrecklich grauer, nasskalter, verregneter Tag im Wald. Eine öde Stimmung. Langeweile. Hunger.« Boah, ich weiß noch genau ... Ich hatte schon super mies geschlafen, das ist echt auch nicht grad Luxus. So auf dem Boden, zugedeckt mit Blättern, überall Käfer ... es war ja nicht kalt, aber trotzdem: Mein Bett, das hat mir vielleicht am meisten gefehlt. Ja, und dann den ganzen Tag: Essensuchen – macht besonders im Regen super viel Spaß!!! Stundenlanges, stummes Picken in den Hecken, Zapfen zupfen, Gräser rupfen, Äste schütteln und nach Wurzeln graben. Essensuchen, das ist alles, was ihn interessiert. Es wird nicht geredet. Ob ich ihn was frage, ihm was zeige, von mir erzähle oder mit Achselfurzgeräuschen die Nationalhymne des Waldes spiele – er hört mich nicht. Er ist bei sich. Er reagiert nicht, nur auf Regungen des Reubers selbst. Er ist der einzige Mensch, den ich kenne, der so etwas wie Lider vor den Ohren hat. Er kann sie schließen, wie man die Augen schließen kann. Der Reuber hört zu, wenn der Reuber zuhören will. Der Reuber spricht, wann er will, und er schweigt, wann er will.

Diese Geschichte von gestern Abend, in der er ein klitzekleines bisschen von sich erzählt hat, wenn auch reuberartig verklausuliert, und was es bedeutet, dass der Reuber mir das erzählt hat – das hat anscheinend nur mir etwas bedeutet. Ich dachte, es sei etwas Besonderes, zwischen uns, aber dem Reuber ist das alles so egal wie ein Loch im Schuh oder wie ein Fliegenschiss auf dem Baum da links oder noch weniger, so egal wie die Stadt, wie das Leben hinter den letzten Bäumen. Alles Gefühlsmäßige, außer Angst und Schrecken vor dem Reuber, interessiert ihn nicht, erscheint nicht auf seinem Radar, findet in seiner Wirklichkeit nicht statt. Über eine Menge Dinge kann man mit dem Reuber nicht reden. Ist so. Reubertatsache.

Mein Magen knurrte und ich dachte an Honey Pops und Marshmallows mit Bacon-Geschmack, Kirschmalzbier und Karamelleismarmelade, Käserandpizza und gesalzenes Schokoladenpopcorn. Sowas wollte ich futtern, mir in den Mund stopfen, kauen und schlürfen und lutschen und trinken, alles was geschmacklich knallte. Und nicht in einer Linde hocken und Blätter ernten, die als Suppe endeten, die nach frisch gemähtem Rasen schmeckte, wie alles andere eigentlich auch. Mir ging das Waldleben auf den Keks, das Wetter und die Sucherei und ehrlich gesagt auch der Reuber selbst ging mir auf den Keks.

Später, als wir geerntet und gefuttert hatten und vor einem kleinen, qualmenden Feuer hockten und uns notdürftig ein bisschen wärmten, haute der Reuber sich lachend auf die Schenkel, öffnete die Ohren, weil er jetzt plötzlich Lust auf Geschichten hatte und sagte:

REUBER Joho, Vorhang auf, denk dir ein' raus!

Aber ich bin doch kein Geschichtenerzählautomat, ich bin kein Radio, das man an- und abstellen kann. Ich bin ein Mensch mit Gefühlen, ein Wissenschaftler mit einem Diplom, ein Forscher am Randgebiet der Menschheit. Der Reuber wollte weiterhören: von Live-Action-Role-Plays und Brotbackautomaten. Aber ich sagte nichts, kein Wort. Er wollte doch sowieso wieder nur seinen Märchenmuskel stretchen, ich sollte ihn ein bisschen aufwärmen und anfeuern, damit er sich wieder in aller Reuberherrlichkeit vor mir ausbreiten kann. Das ist doch sein eigentliches, einziges Interesse an mir: ein Publikum zu haben, sich mal jemandem zeigen zu können. Diesen ganzen Quatsch loszuwerden: diese Geschichten, die nicht stimmen können – er müsste hundertvierundzwanzig Jahre alt sein, wenn man sie zusammenzählt, und er wäre einige Male an mehreren Orten der Welt gleichzeitig gewesen. Er habe Riesen verprügelt, Wölfe erschreckt und Trickbetrüger ausgetrickst. Er habe Burgen eingenommen, Höhlen ausgehoben, Mundraub begangen. Er erzählt vom Wilden Westen und den Zeiten, in denen er Oberpirat auf einem Piratenschiff war und Anführer einer ganzen Reuberbande. König der Reuber. Chef der Diebe. Der Vorgesetzte von Robin Hood und Ali Baba. Mindestens …
Der Reuber sah mich an, dann klopfte er mir auf den Kopf. Und das konnte ich nun gerade gar nicht haben. Ich stieß seine Hand weg und sah ihn böse an. In diesem Augenblick wurde mir klar, dass wir seit fast vier Wochen nebeneinander durch den Wald stiefelten, am selben Feuer schliefen und aus dem selben Topf aßen … aber dass er wenigstens mal gefragt hätte, wie ich denn heiße oder so … darauf wäre der Reuber im Leben nicht gekommen. Und das machte mich wirklich wütend. Wie kann man so unhöflich sein, so uninteressiert, so nur auf sich selbst fixiert. Oder?

Hinter seinen Zähnen und auf seinen Knien spielte der Reuber einen Trommelwirbel und dann verneigte er sich nochmal, »Vorhang auf«, grummte er nochmal und verbeugte sich. Das war mein Stichwort. Aber ich hatte keinen Bock auf diese Reubershow, auf unser Spiel. Es konnte nicht immer nur nach dem Reuber gehen.

Wissen Sie was?, brüllte ich, mein Name ist Markus Michalik und eigentlich wohne ich nicht hier im Wald, sondern in Frickenhausen. In dem Haus, das ich von meinem Urgroßvater geerbt habe. Keine Ahnung, ob Sie das interessiert … Ich bin verheiratet, nächstes Jahr werden meine Frau und ich ein Kind haben. Sie ist schwanger, ich werde ein Vater sein! Können Sie sich das vorstellen? Ein Vater zu sein? Ich noch nicht. Ich hatte auch nie einen, deshalb fällt es mir vielleicht besonders schwer. Meiner ist einfach weggelaufen. Ich hab ihn nicht kennengelernt. Ich weiß fast nichts über ihn, er hat keine Rolle gespielt. Nur als etwas, das gefehlt hat.

Das wird *mir* nicht passieren. Ich kann es mir zwar noch nicht vorstellen, aber ich werde es anders machen. Ich werde einen 1a-spitzenmäßigen Vater abgeben. Wir wollen ein Haus bauen, meine Frau und ich. Und wir haben einen Hund, Lupo, der kann rechts und links unterscheiden und lacht über bestimmte Witze. Wir werden raus aufs Land ziehen und wollen töpfern und ein kleines Café betreiben. Ich bleibe bei meiner Familie, wie es sich gehört. Ich würde nie so einfach davonlaufen und die, die mich lieben, einfach verlassen. Dass ich jetzt und hier im Wald bin, hat damit rein gar nichts zu tun, das ist nur wegen der einmaligen Forschungsgelegenheit. Ich bin nicht wie mein Vater. Ich bin ganz anders. Meine Mutter kann das bezeugen, außer ein paar Äußerlichkeiten habe ich nichts von ihm, sagt sie, auch wenn sie ihn im Grunde selbst kaum kannte.

Der Reuber kaute irgendwas und sah mich an. Man hätte als normaler Mensch an dieser Stelle etwas fragen können, aber klar ... da kam nichts. Er war der Reuber. Ein egoistischer Selbstdarsteller! Und er interessierte sich überhaupt null für mich. Null Empathie, kein Interesse, er ist vollkommen ichfixiert.
»Hassu was gesagt, du Schrumpelknolle?«, fragte der Reuber.
Und da platzte mir der Kragen, jetzt sollte der Reuber was zu hören bekommen:
»Ihr Leben – das ist doch für'n Arsch!«, brüllte ich ihm ins Gesicht: »Es ist anstrengend, ungemütlich und schrecklich einsam. Und was ist eigentlich, wenn Sie alt sind oder sich mal ein Bein brechen? Wer kümmert sich dann um Sie? Wer pflegt Sie und hilft Ihnen, wenn Sie in Not sind? Sie tun so, als wäre Ihr Leben das einzig Wahre, aber mal ehrlich: Das ist die allerletzte Art, auf die ich leben wollte! Es ist doch erbärmlich, rückständig, autistisch! Ein Leben ohne Freunde, ohne Familie? Wo ist da der Sinn?«

Es ist so: Der Reuber hat sich im Wald die Gefühle abtrainiert, er braucht sie nicht, meint er. Schnickschnack, mehr nicht. Deshalb vermeidet er sie. Absichtlich! *Schreit.* Ja, das muss man nämlich auch mal sagen! Der Reuber tötet sich die Gefühle ab, vorsätzlich!

Markus ist es heiß, er glüht.

Ich habe glücklicherweise einen Beweis dafür! Glücklicherweise sage ich, weil der Zeitpunkt der Aufnahme exakt der Moment war, in dem ich ins Fieber glitt. Ich wurde krank und nur meinem einzigartigen Forscherinstinkt ist es zu verdanken, dass die folgende Aufnahme Eingang in die Bibliothek der Menschheitsgeschichte fand, denn mit der letzten bewussten Bewegung griff ich nach meinem Handy, machte es an, gab meinen Pin ein und startete die Aufnahme.

Start der Aufnahme:

REUBER Ich hab mich dagegen entschieden, groß in der Welt rumzufühlen. Heiß, kalt, das ja, nass, trocken, laut, leise, aber dann is Schluss. Kein anderes Tier interessiert sich groß für Gefühle. Gefühle haben nur Menschen. Ich halt nicht viel davon. Gut, einfache Sachen fühl ich auch, ob ich Hunger hab oder mir ein Furz quer sitzt. Aber ich bin gegen das Gefühlesuchen, das Gefühleverstehen. Ich kannte mal eine, die hat den ganzen Tag nur rumgefühlt. Jeden Tag, ein ganzes Leben lang, und dann hat sie sich das Gefühlte stundenlang angeguckt und überlegt, ob sie eigentlich genau das fühlen wollte, was sie gefühlt hatte. … Ich glaube, dass Gefühle einfach kommen und gehen wie das Wetter und die Jahreszeiten. Ein ständiger Wechsel, Tag und Nacht und Tag …

Markus kippt ins Fieber.

Szene 17 // Fieber

Evtl. aus dem Off.

Kennst du Fieber? Das Gefühl, wenn sich die Tage zusammenknautschen? Wie dir heiß ist, sterbensheiß, während du frierst, wie sich Hart in Weich auflöst, obwohl Weich aus Hart besteht und gleichzeitig umgedreht. Spitz und stumpf, lautundleis, katzundmaus, reinundraus, wachundnicht, Durst und Schauder.

Ich zitterte am ganzen Körper, mir war schwindelig, ich fror und meine Kleidung war klitschnass geschwitzt. Ich versuchte aufzustehen, aber –
Ich weiß noch, dass ich Sterne gesehen habe, aber ich weiß nicht, ob es die am Himmel gewesen sind.

Hast du die Bilder gesehen, Fieberbilder, ziemlich bunt, oder? Rohe Nerven, offenes Fleisch, schabende Filme, mit rauem Mund geträumt, alles auf einmal. Und mitten darin eine einzige ruhige Hand, fest und schwer wie ein Stamm. Liegt auf dem Kopf, als das Einzige was hilft.
Ich hatte keine Angst, nicht vor dem Reuber, nie gehabt, und erst recht nicht vor seiner Hand auf meinem Dach, als ich richtig schwach war. Schwach wie nichts. Da war er da.

Kennst du Fieber? Wenn Tag und Nacht sich vermischen, Minuten sich zu Stunden dehnen und ganze Tage in einem Augenblick vergehen? Meistens klopft es irgendwo, so ein unangenehmes Puckern und Pumpern und von Zeit zu Zeit wirft einem einer kalte Lappen an den Leib.
Ich weiß noch, wie ich aus einem fürchterlichen Fiebertraum aufwache und merke, dass der Reuber neben mir liegt und schnarcht. Sein Arm ist um mich gelegt, wie eine zweite Decke. Ich fühle das Gewicht schwer und beruhigend auf mir lasten. Ich kann spüren, dass der Reuber hier ist, dass er auf mich aufpasst, dass er mich nicht krank im Wald zurücklässt. Und das Gefühl war Geborgenheit.

Weißt du, wie es riecht im Wald? Feucht und würzig, blumig und modrig, wie Stein, wie wilder Oregano, Laub und Tannennadeln, und wie Harz in der Sonne, wie Löwenzahn und Flieder, wie nasses Fell und Moos, wie Vogelnest und Bienenstock, wie Erde, Pilz und Rinde. Nach Verwesung und Knospen. Kennst du die Fische im See? Die Vögel in den Bäumen, ihren Schiss auf den Steinen, die Beeren in den Sträuchern? Stell dir das alles zusammen in deiner Nase vor. So riecht der Reuber.

Der Wald gibt nochmal alles, die Ebenen verschwimmen, der Erzählapparat ist überhitzt, danach Arbeitslicht.

Szene 18 // Als der Reuber verschwunden war

Und dann kam der Morgen, an dem ich aufwachte und spürte, dass ich wieder gesund war. Ich setzte mich auf und sah mich um. Das Feuer knisterte noch leise, vor mir stand eine kleine Schale mit dampfender Suppe und ich sah noch ein Wischen zwischen den Bäumen. Ich hörte es leise knacken aus der Ferne, ein Rascheln im Gebüsch, war da ein Kichern zwischen den Stämmen? Ich bin mir nicht mehr sicher.

Das war der Moment, in dem ich die Anwesenheit des Reubers zum letzten Mal spüren konnte. An dieser Stelle brechen meine Aufzeichnungen ab, hier endet die Forschungsreise zum Mittelpunkt des Waldes. Auch die letzten Töne des Reubers verklangen auf Nimmerwiederhören im Wald und er verschwand für alle Zeit und immer, ward nie wieder gesehen. Einfach so. Der Reuber löste sich in Schall und Wald auf.

Ich wartete eine ganze lange Weile. Saß und glotzte ins Feuer, versuchte Halt zu finden im Wirbeln und Schlängeln der Flammen und in mir drin war irgendwas verknotet. Das glühte und es schwoll an. Irgendwann platzte es und endlich lief es glühend aus dem Kopf über meine Wangen, ich weinte leiser als das Feuer knisterte. Dann aß ich die Suppe und erinnerte mich, wie der Reuber beim Essen grummte. Er schmatzte, schlürfte, schlabberte und leckte, manches

Essen stopfte er sich in den Mund, kaute darauf herum und nahm es mehrmals wieder heraus, um es sich anzusehen und auf andere Weise anzuverdauen. Aber besonders besonders war das Geräusch, das er ganz automatisch beim Essen erzeugte, jenes Grummen eben, vielleicht am ehesten zu vergleichen mit dem Geräusch, das eine zufriedene Katze macht. Nur kannte der Reuber nicht bloß eine Tonlage, sondern spielte elf unterschiedliche Töne, manchmal ergaben sich kleine, verspielte Melodien.

Vermutlich erzeugt ein bestimmter Knochen in der Stirngegend des Reubers das Geräusch, vielleicht gerät er beim Kauen in Schwingung oder so, es gibt keine Röntgenaufnahmen vom Reuber, so bleiben es Vermutungen, die ich hier anstelle.

Als ich den letzten Schluck Suppe getrunken hatte und spürte, wie der Geschmack in meinem Mund sich in eine Erinnerung verwandelte, wusste ich, dass exakt dieser Geschmack sich nie wieder in meinem Mund abspielen würde, weil genau so nur der Reuber kochen kann. Nichts würde jemals wieder genau so werden, wie es in den letzten vier Wochen gewesen war, nichts davon. Niemals. Es war unwiederbringlich verloren. Die Zeit mit dem Reuber war vorbei, das wusste ich. Also packte ich meine Sachen und ging, machte mich auf den Weg raus aus dem Wald und zurück zu dem erdnussgroßen Anfang meines Sohnes Fulbert im Bauch meiner geliebten Frau.

Wenn ein Reuber nicht gefunden werden will, findet niemand ihn. Kein Spürhund und kein Fährtenleser, kein Detektiv, kein Jäger, keine Drohne und kein Satellit. Der Reuber findet dich, aber du den Reuber ganz sicher nicht.

Nora Mansmann

fuchs & freund

für oskar

PERSONEN

FUCHS
MAMA
PAPA
DER DICKE ONKEL
DIE LEHRERIN
DIE KINDER
FREUND

1. mein erster schultag (prolog)

FUCHS ich bin fuchs
ich bin sechs jahre alt
ich komme in die schule
endlich
morgen
DER DICKE ONKEL die schule ist zum lernen da
und nicht zum spielen
man lernt was damit man mehr weiß
und wenn man was nicht weiß muss man fragen
wer nicht fragt bleibt dumm
DIE KINDER *aus dem publikum* endlich fängt die schule an
ich bin ein schulkind endlich jetzt
ich hab einen ranzen eine ganz neue schultasche
nur für mich allein
für meine sachen schulsachen für meine federmappe
mit den vielen schönen neuen bunten stiften
FUCHS bleistiften
buntstiften
filzstiften
wachsmalstiften –
DIE KINDER und büchern zum lesen und heften zum schreiben
FREUND ich kann schon meinen namen schreiben
FUCHS ich auch

alle schreiben ihren namen.

DIE KINDER und das alleralleraller tollste
eine große bunte schultüte
vollgestopft mit süßigkeiten vollgestopft bis obenhin mit süßigkeiten jetzt bin ich ein schulkind endlich jetzt bin ich schon groß

FREUND ziemlich groß
EIN KIND besserwisser
FUCHS ich bin fuchs
ich bin sechs jahre alt
ich komme in die schule
morgen
endlich
ich kann schon
lesen
schreiben
rechnen
und fliegen

2. nacht

fuchs liegt in seinem bett und kann nicht schlafen. freund auch.

FREUND es ist so still
FUCHS es ist so dunkel
FREUND es ist so nacht
FUCHS ich kann nicht schlafen
FREUND mitten in der nacht
FUCHS mama und papa schlafen schon lange
FREUND mama und papa sind doof

FREUND morgen fängt die schule an
FUCHS ich freu mich auf die schule
FREUND die schule ist zum lernen da
FUCHS ich will ganz viel lernen
FREUND man lernt was
damit man mehr weiß
FUCHS ein gürteltier legt nachts auf der jagd fünfzehn kilometer zurück

zehn plus fünf
oder fünf plus zehn
oder fünf plus fünf plus fünf

warum rollen sich gürteltiere zusammen?
woher kommt der regenbogen?
warum wird jeder irgendwann geboren und stirbt irgendwann?
was ist wenn die schwerkraft plötzlich aufhört und die menschen in den weltraum fallen?

3. schule

MAMA aufwachen aufwachen kinder
heute fängt die schule an
ein großer tag ein besonderer tag
so viele neue –
DIE LEHRERIN guten morgen kinder!
DIE KINDER guten morgen frau lehrerin!
MAMA so viele neue kinder
DIE LEHRERIN der erste schultag ist was ganz besonderes
FUCHS und erwachsene
FREUND und lehrer
und eltern
und der hausmeister
und sein hund
FUCHS der sieht gefährlich aus
FREUND stehen alle auf dem schulhof rum
und reden durcheinander
das ist laut
das ist lustig
FUCHS und groß
und bunt

und so viele neue tische und stühle und fenster und türen und häuser und sachen und farben

PAPA und jetzt beginnt der ernst des lebens

FUCHS das ist wie trommeln

MAMA ich bin so stolz auf dich

FUCHS wie trommeln in meinen ohren

DER DICKE ONKEL na kleiner freust du dich

FUCHS und in meinem kopf

DER DICKE ONKEL na kleiner freust du dich auf die schule oder hast du angst

FUCHS wie trommeln im kopf und im ohr und im auge gleichzeitig überall gleichzeitig trommeln große und kleine und schnelle und langsame und rote und gelbe und bunte trommeln wie ein regenbogen
aber vermischt
das ist komisch und seltsam und schaurig

FREUND und schön

4. klasse

DIE LEHRERIN wir kennen uns noch nicht und deshalb stellt sich jeder vor

FREUND und das geht so man sagt seinen namen

FUCHS ich bin fuchs

FREUND wie alt man ist

FUCHS ich bin sechs jahre alt

FREUND und man erzählt noch was
zum beispiel was man gerne macht

FUCHS lesen und fliegen

FUCHS hallo klasse
ich bin fuchs

ich bin ein superheld ich kann fliegen und menschen retten und tiere zum beispiel eine katze die nicht mehr vom baum runterkommt das hab ich mal gesehen da ist die feuerwehr gekommen mit ihrer großen leiter und hat sie runter geholt da runter vom baum aber ich ich ich ich brauch die leiter gar nicht kann ja fliegen

FREUND du hast aber gar keine flügel
ohne flügel kann man nicht fliegen

FUCHS kann ich wohl

FREUND/DIE KINDER die kinder lachen lachen lachen fuchs erschrickt das ist wie trommeln

FUCHS aber nicht so schön es braust so braust so komisch

FREUND fuchs setzt sich ganz schnell hin allein an einen tisch ganz hinten

FUCHS ich spiel nicht mehr mit

FUCHS ein gürteltier legt nachts auf der jagd fünfzehn kilometer zurück
zehn plus fünf
oder fünf plus zehn
oder fünf plus fünf plus fünf
oder zwei plus fünf plus drei plus fünf
oder –
was ist wenn die schwerkraft plötzlich aufhört und die menschen in den weltraum fallen?
warum wird jeder irgendwann geboren und stirbt irgendwann?
warum gibt es so viele arme kinder auf der welt die nichts zu essen haben und nicht zur schule gehen können?

FREUND alle kinder müssen in die schule gehen

FUCHS manche dürfen aber nicht die –

DIE KINDER alle kinder müssen in die schule gehn
die schule ist zum lernen da und nicht hey fuchs hey hey fuchs die schule ist zum lernen da und nicht zum träumen

FREUND es klingelt laut das ist die pause
fuchs erschrickt er hält sich die ohren zu
die kinder rennen los sie rufen und schreien sie stürmen durch die flure raus auf den schulhof
fuchs geht langsam
hinterher
hinter den anderen her
FUCHS so viel zu sehen
hören
riechen
schmecken
finden

fuchs vertieft sich in irgendwas. die zeit vergeht.

FREUND die pause ist vorbei bevor er draußen ist

5. malen

DIE LEHRERIN die pause ist vorbei der unterricht geht weiter
wir malen heute unser lieblingstier
FREUND au ja
FUCHS au ja au ja au ja!
FREUND die kinder malen
fuchs denkt nach
FUCHS du malst ja gar nicht frau kenner
DIE LEHRERIN natürlich nicht fuchs nur die kinder malen
du hast aber noch gar nicht angefangen
was ist denn dein lieblingstier
FUCHS ich mag alle tiere
DIE LEHRERIN aber welches magst du am liebsten
FUCHS ich mag alle tiere außer manchmal hunde wenn die zu nah sind wenn die gefährlich sind wie der vom haus-

meister oder löwen oder krokodile oder tiger die sind auch gefährlich aber aber aber die gibt's hier nicht nicht in freier wildbahn nur im zoo

DIE LEHRERIN dann mal doch einen tiger

FREUND die kinder malen
fuchs denkt nach

wenn ein kind mit einem bild fertig ist, wird es gezeigt und gesagt, was drauf zu sehen ist. es ist bei allen dasselbe undefinierbare gekrakel. dann wird gleich das nächste bild gemalt. sie sind sehr schnell, produzieren andauernd bilder, während fuchs noch denkt.

EIN KIND *zeigt sein bild* ein papagei!

FUCHS so sieht doch kein papagei aus
ein papagei hat ganz viele farben
der malkasten hat nur zehn

FREUND mit zehn farben kann fuchs keinen papagei malen

FUCHS fünf und fünf ist zehn
und zwei und drei und fünf auch

DIE LEHRERIN du malst ja gar nicht fuchs

EIN KIND *zeigt sein bild* eine katze!

FUCHS katzen können nachts ganz toll sehen
aber eulen noch besser
oder fledermäuse
die haben infrarotradar

EIN KIND *zeigt sein bild* ein vogel!

FREUND fuchs hat immer noch nichts gemalt

FUCHS die farben reichen nicht

DIE LEHRERIN ist dir die aufgabe zu schwer

EIN KIND *zeigt sein bild* ein elefant!

FUCHS indische elefanten und afrikanische elefanten kann man an den ohren unterscheiden
in afrika gibt es viele arme kinder und in indien auch

DIE LEHRERIN hallooo fuchs hörst du nicht zu?!

FUCHS die stoßzähne sind schwer zu malen bei den elefanten
die sind aus elfenbein
das ist nicht weiß nicht grau das schimmert
ich hab kein schimmerweiß in meinem farbkasten
FREUND *zeigt sein bild* ein gürteltier!
FUCHS ein gürteltier legt nachts auf der jagd fünfzehn kilometer zurück
zehn plus fünf
das sind fünfzehn
oder fünf plus zehn
das da ist ein zusammengerolltes gürteltier
wenn überhaupt
FREUND ein pilz ich mal einen pilz
FUCHS ein pilz ist doch kein tier
FREUND doch
ein pilz ist ein tier
FUCHS besserwisser
FREUND selber
ich male einen pilz
FUCHS langweilig ein pilz ist ja voll einfach
ich weiß nicht was ich malen soll
FREUND ein fuchs!
mal einen fuchs!
FUCHS genau ein fuchs *das* ist mein lieblingstier
ein fuchs hat spitze ohren mit denen kann er in alle richtungen hören
er hat ein rotes fell und einen buschigen schwanz mit einer weißen spitze die heißt blume
ein fuchs kann vierhundert mal besser hören als ein mensch
ein –
EIN KIND fuchs hat immer noch nichts gemalt
FUCHS das ist zu viel
das kann ich nicht malen

DIE LEHRERIN möchtest du lieber ein arbeitsblatt ausmalen schau mal das hier das ist ganz einfach mit dem delfin

FUCHS aber aber aber ich will kein arbeitsblatt ausmalen das ist doof und langweilig ich will selber malen einen fuchs mein lieblingstier malen nicht ausmalen keinen doofen delfin

DIE KINDER fuchs wird wütend fuchs faucht fuchs schreit fuchs wirft sich auf den boden er schlägt er tritt er spuckt die anderen kinder an
mit so einem will keiner befreundet sein

FUCHS hallo klasse ich bin fuchs
ich bin ein scheues tier
ich habe super gute ohren
damit höre ich feinde die sich anschleichen
und ich kann ganz schnell laufen weglaufen
und ich kann schleichen und mich verstecken
ich will nicht mehr zur schule gehen

DIE KINDER warum denn nicht fuchs?

FUCHS die kinder gucken so komisch die anderen gucken mich immer so komisch an und die sind laut viel zu laut das tut mir weh in den ohren weh und es riecht so es riecht immer so wie angebrannt
ich will nicht ich will da nicht hin

DIE KINDER alle kinder müssen in die schule gehen

FUCHS vielleicht wenn ich ganz still bin
und keinen angucke
und einfach vorbeigehe
und fast gar nicht mehr atme
vielleicht bemerken die mich nicht
kann ja schleichen bin ja ein fuchs und
vielleicht werd ich dann unsichtbar

6. erzählen

DER LEHRER heute im sitzkreis erzählen alle kinder von zuhause
EIN KIND von ihren eltern mama und papa
EIN KIND von ihren geschwistern
EIN KIND von ihren haustieren
EIN KIND von ihrem haus
FREUND ich will nichts erzählen
FUCHS ich wohne im wald
EIN KIND echt mit deinen eltern
FUCHS nee meine eltern sind weg verloren gegangen jetzt wohn ich ganz allein im wald in einer höhle bin ja ein fuchs
FREUND glaub ich nicht
eltern können doch nicht verloren gehen
FUCHS doch das können sie
FREUND können sie nicht
nur kinder können verloren gehen
wie hänsel und gretel

7. fangen

FREUND es klingelt laut das ist die pause
fuchs erschrickt er hält sich die ohren zu er beißt die zähne zusammen
FUCHS die kinder rennen los sie rufen und schreien sie stürmen durch die flure raus auf den schulhof
FREUND fuchs geht hinterher hinter den anderen her
die kinder spielen fangen auf dem schulhof
FUCHS ich will mitspielen
hallo ich bin fuchs
ich kann mich unsichtbar machen

DIE KINDER zeig mal
mach mal
FUCHS nein
ich will nicht
ich will jetzt nicht
ich will jetzt fangen spielen
DIE KINDER wir wollen aber sehen wie du unsichtbar wirst
FREUND was unsichtbar ist kann man nicht sehen
EIN KIND besserwisser
DIE KINDER zeig mal
mach mal
FUCHS nein
das geht nicht
das geht jetzt nicht
das
geht nur mit meiner zaubermütze die hat mir meine oma gemacht die hab ich aber nicht dabei
DIE KINDER stimmt ja gar nicht lügner lügner
FUCHS nein
ich lüge nicht
ich lüge doch nicht
wartet

die kinder laufen weg.

FUCHS ich bin fuchs ich hab eine zaubermütze mit der kann ich unsichtbar sein
wie der wind der ist auch unsichtbar der kann fliegen wohin er will und keiner sieht ihn
FREUND das stimmt nicht
guck mal die äste und blätter wie die sich bewegen das ist der wind
FUCHS geh weg lass mich in ruhe
FREUND wohnst du echt im wald

FUCHS ja im wald
mit meiner oma die hat ein haus aus süßigkeiten
FREUND echt ist deine oma 'ne hexe
FUCHS nee meine oma ist lieb die zaubert nur gute sachen
zum beispiel schokopudding jeden tag zum frühstück ist
mein lieblingsessen
und wo wohnst du?
FREUND ich will nichts erzählen
FUCHS warum
FREUND zuhause ist doof

8. pausenbrot

DIE LEHRERIN die pause ist vorbei der unterricht geht weiter
EIN KIND da knurrt etwas ganz laut
FREUND das ist fuchs
FUCHS das ist mein bauch
ich hab mein pausenbrot vergessen zu essen
FREUND die kinder lachen lachen lachen lachen laut
EIN KIND fuchs ist komisch
FREUND nee fuchs ist lustig
FUCHS es ist zu laut
FREUND und fuchs schleicht wie nur ein fuchs schleichen
kann
ganz still zu seinem platz ganz hinten aber
da sitzt schon einer
FUCHS warum sitzt du auf meinem platz
FREUND warum ist das dein platz
FUCHS weil ich hier immer sitze
FREUND jetzt sitz ich aber hier
FUCHS nein ich sitz hier
FREUND nein tust du nicht
FUCHS tu ich doch

FREUND tust du nicht
ich sitze hier also kannst du nicht gleichzeitig auch hier sitzen
FUCHS kann ich wohl besserwisser
FREUND du bist komisch
FUCHS selber

FUCHS warum ist dein zuhause doof?
FREUND es ist langweilig
mama und papa sind doof
die haben nie zeit zum spielen
FUCHS und deine geschwister
FREUND hab ich nicht
FUCHS und deine oma
FREUND hab ich auch nicht
FUCHS bist du ganz allein
FREUND ja
meistens
das ist doof
ich geh lieber in die schule
FUCHS mein zuhause ist schön
da hab ich mein eigenes zimmer da darf niemand rein wenn ich nicht will
FREUND ich geh lieber in die schule da sind viele kinder da ist es laut und lustig und interessant
FUCHS in meinem zimmer ist es auch lustig
und interessant
ich hab ganz viele bücher
FREUND auch über stürme?
stürme sind toll
es gibt tornados taifune hurricans und zykl zykl-
DIE KINDER es klingelt laut laut laut die schule ist zuende
fuchs beißt die zähne zusammen
er hält sich nicht die ohren zu

FUCHS es saust und braust und raschelt in meinem kopf
wie trommeln oben und unten
und gleichzeitig
stürmen
die kinder

FREUND stürmen wieder stürmen durch die flure stürmen an fuchs vorbei auf den schulhof fuchs steht dazwischen die kinder stürmen rempeln rennen ihn fast um als wär er gar nicht da als wär er unsichtbar er merkt davon nichts

FREUND wie bei einem sturm
so einem ganz großen wilden
einem tornado oder taifun
einem wirbelsturm
das heißt die luft wirbelt immer so um einen rum um einen mittelpunkt
und da in der mitte ist es am stillsten ganz still richtig schaurig still

9. sturm

DIE LEHRERIN wir reden heute über das wetter
also über regen und schnee und wind und sturm und wolken

FREUND und blitz und donner
und hagel und eisregen und regenbogen

DIE LEHRERIN wer weiß woraus wolken bestehen?

FREUND ich ich ich

FUCHS *meldet sich.*

DIE LEHRERIN ja fuchs

FREUND ich weiß alles über stürme

FUCHS was passiert wenn die schwerkraft plötzlich aufhört
und die menschen in den weltraum fallen

DIE LEHRERIN die schwerkraft hört nicht auf
jetzt reden wir aber über das wetter darüber wie das wetter entsteht
FREUND *meldet sich.*
DIE LEHRERIN ja?
FREUND wolken bestehen aus winzigen wassertropfen die verdunstet sind zum beispiel aus dem meer
FUCHS besserwisser
FREUND na und ich weiß alles über stürme
stürme sind nämlich toll und schnell und laut und interessant
es gibt tornados taifune hurricans und zykl zykl-
FUCHS warum gibt es so viele arme kinder auf der welt?
DIE LEHRERIN das nehmen wir ein andermal durch
FUCHS aber aber aber aber
DIE LEHRERIN fuchs hör bitte auf zu fragen
wir möchten weitermachen
FREUND die schule ist zum lernen da
und wenn man was nicht weiß muss man fragen
wer nicht fragt bleibt dumm

fuchs wird wütend fuchs faucht fuchs schreit fuchs wirft sich auf den boden er schlägt er tritt er spuckt die anderen kinder an

hey fuchs hey hey fuchs die schule ist zum lernen da und nicht zum träumen schäumen bäumen singen die kinder alle kinder singen singen singen und die lehrerin schimpft warum schimpft die denn und mit wem überhaupt oder schimpft die gar nicht sondern singt die auch die singt aber laut und gar nicht so schön es saust und es braust um mich rum ich kann fliegen ich kann wirklich fliegen ich bin ein superheld

EIN KIND stimmt ja gar nicht lügner lügner
FUCHS doch das stimmt
das stimmt wohl
DIE KINDER fuchs ist ein lügner
fuchs ist ein angeber
fuchs ist komisch
der redet komisches zeug
fuchs stinkt
fuchs ist dumm
FREUND rufen und singen die kinder alle kinder aus seiner klasse und aus den anderen klassen und die lehrer und lehrerinnen und der hausmeister und sein doofer gefährlicher hund alle auf dem schulhof die ganze schule die ganze straße die ganze stadt der ganze planet
sie ziehen ihm die mütze über die augen
DIE KINDER mit so einem will keiner befreundet sein

FREUND doch ich
FUCHS geh weg lass mich in ruhe
FREUND ich bin aber dein freund
FUCHS glaub ich nicht
mit mir will keiner befreundet sein
FREUND will ich wohl
FUCHS ich hab keine freunde
FREUND das gibt es nicht dass jemand keine freunde hat
FUCHS gibt es doch
FREUND gibt es nicht
FUCHS gibt es doch
FREUND gibt es nicht
FUCHS besserwisser
FREUND selber

10. epilog

FUCHS es ist still
FREUND es ist dunkel
FUCHS es ist nacht
FREUND ich kann nicht schlafen
FUCHS es ist mitten in der nacht
FREUND mama und papa schlafen
FUCHS schon lange
FREUND gute nacht mama und papa
FUCHS pssst hörst du den sturm stürmen draußen hörst du ich hab angst dass er das dach wegweht
FREUND nein fuchs das ist nur ein wind ein leises lüftchen hör mal wie es flüstert es flüstert dir leise was ins ohr was liebes freundliches
der wind der wind das himmlische kind
draußen ist es laut es raschelt und brummt wie ein tier
ich hab angst
FUCHS vielleicht ist das ein gürteltier
gürteltiere legen nachts auf der jagd fünfzehn kilometer zurück
aber gürteltiere sind nicht gefährlich
die haben selber angst
dann rollen die sich zusammen...
aber psst hörst du das donnern
FREUND das ist nur der regen fuchs der aufs dach trommelt prasselt und schlägt
der macht nur musik
FUCHS das ist schön

fuchs und freund rollen sich beide wie gürteltiere zusammen und schlafen ein.

Roland Schimmelpfennig

Die Biene im Kopf

Drei Schauspieler auf der Bühne, # 1, # 2, und # 3.
Sie sehen das Publikum an, sie erzählen und spielen.

I *hebt die Hände. Das bedeutet:*
Es wird anfangen.

Level 1

I Alles beginnt
ganz harmlos –

Kurze Pause.

2 Wunderschön –
3 *deutet auf den Horizont in der Ferne* Die Sonne geht auf.
I Ganz langsam.

Kurze Pause.

2 Vogelgezwitscher.

Kurze Pause.

3 Sommer.
I *zwitschert wie ein Vogel.*
2 Vogelgezwitscher.
3 Und die Sonne
erscheint rot über dem Dach des Nachbarhauses,
neben dem Schornstein
und den Antennen.

Kurze Pause.

I Und du,
du liegst noch im Bett,
und in dem Bett ist es

herrlich, schön –
warm,
2 *sucht nervös den richtigen Ausdruck* wie, wie heißt das Wort –
3 gemütlich –
oder wie sagt man noch dazu –
blickt fragend ins Publikum
in dem Bett ist es
herrlich, schön –
angenehm,
vertraut,
behaglich,
anheimelnd,
kuschlig.
Schön. Friedlich.

Kurze Pause.

2 Und du,
du blinzelst noch ganz verschlafen.
3 Du blinzelst
in den roten Sonnenaufgang.
Kurze Pause.
Sieht schön aus.
2 Sieht wirklich schön aus.

Kurze Pause.

1 Aber die Sonne ist ein Ball aus Feuer.
Ein feuriger Ball.
Und wenn du die Augen zumachst,
schließt die Augen
wenn du die Augen zumachst
und dir die Finger in die Ohren steckst –

steckt sich die Finger in die Ohren –
Dann kannst du das Rauschen dieses Feuers hören.
Hört ihr das?
Macht die Augen zu –

 # 2 macht vielleicht das Geräusch des rauschenden Feuers nach.
Kurze Pause.

\# 3 Und dann –
Kurze Pause.
dann hast du plötzlich Flügel.

Kurze Pause.

\# 1 Flügel.
Du hast plötzlich Flügel.
\# 2 Und dein Körper
ist schwarz und gelb gestreift.

Kurze Pause.

\# 3 Du bist eine Biene.

Jemand summt wie eine Biene.

\# 3 Du bist eine Biene,
und du krabbelst
über das weiße Kopfkissen, auf dem du gerade noch geschlafen hast –
\# 1 Und du denkst:
Kurze Pause.
Wenn du Flügel hast –
\# 3 und wenn du schwarze und gelbe Streifen hast –
\# 2 wenn du also eine Biene bist –

1 – dann kannst du auch fliegen.
2 Du kannst fliegen.
1 Theoretisch.
3 Du kannst, oder du könntest, fliegen, du weißt nur noch nicht, wie es geht.
1 Du musst – oder du müsstest nur erst noch lernen, wie es geht.
2 *versucht zu fliegen* Gar nicht so einfach.
1 *summt angestrengt.*
3 Du bewegst deine Bienenflügel so schnell du kannst,
2 *macht ein noch lauteres Bienensummen, als es # 1 gemacht hat.*
3 aber aus einem unbekannten Grund kommst du nicht hoch, du hebst nicht ab, egal, wie du dich auch anstrengst –
1 *summt so laut, wie es nur geht, hat schon einen roten Kopf vor Summen.*
3 Aber dann –
plötzlich,
1 machst du irgendwas anders als vorher,
irgendwas,
du weißt selber nicht genau was –
2 und plötzlich bist du in der Luft –
ist überrascht Hu!
beginnt zu fliegen
1 *ist überrascht* Ho!
fliegt etwas ungeschickt
3 *erschrickt und fliegt ebenfalls* Ho, ho!!
2 *aufgeregt* Und du bist oben an der Zimmerdecke, du fliegst, du fliegst immer um die Lampe rum –
fliegt im Kreis
3 Du fliegst, unter dir siehst du dein Bett, und da ist der kleine Tisch, an dem du deine Hausaufgaben machst –
2 falls du sie machst –
1 Hahaha.

3 Da sind deine Spielsachen und die Schulhefte, deine Schultasche, deine Stifte, sind nicht soooo viele, aber da sind jede Menge Zettel, und ein paar Radiergummis, und du siehst plötzlich das Lineal, das du seit Ewigkeiten suchst –
wie ist denn das auf dem Schrank gelandet?
1 Und neben dem Bett liegen ein paar Comichefte, deine Klamotten, T-Shirt, Unterhose, Socken,
überall verstreut auf dem Fußboden
2 Wo ist eigentlich deine Hose –
1 Keine Ahnung, wo ich die hingeschmissen habe, ist jetzt auch egal
Bienen brauchen keine Hosen –
3 und da ist der Computer, auf dem du immer spielst –

Kurze Pause.

2 Aber eine Biene spielt nicht mit Computern, eine Biene lässt der Computer völlig kalt –
1 Und du willst nichts wie raus, nichts als raus aus diesem Zimmer, du willst zur Sonne –
2 Die Sonne ist ein feuriger Ball –
steckt sich die Finger in die Ohren
1 Du willst raus in den Sommermorgen, und hey!
Wie gut!
Das Fenster ist ja offen,
2 Hattest du gar nicht bemerkt, dass das Fenster offen ist, aber das Fenster steht sperrangelweit offen.
3 Raus hier, raus hier –
1 Und du fliegst –
2 Ich fliege!
3 Wir fliegen!
1 Unter uns die Straßen,
die Bäume,

das gibt es doch nicht,
wir fliegen –

\# 2 Wir fliegen wirklich –

\# 3 da sind die Mülltonnen, der Gehweg, die Fahrradständer, der Zebrastreifen, die Autos, das Nachbarhaus, die Schornsteine, die Antennen,

\# 1 die Balkone, die Satellitenschüsseln, die Hinterhöfe, die Vorgärten,
du siehst Erwachsene auf dem Weg zur Arbeit,
und du siehst Kinder, die schon auf dem Weg zur Schule sind –

\# 2 Sind das Freunde von dir?
Schwer zu erkennen, von so weit oben –

\# 3 Vorsicht, Vogel!

\# 1 Ausweichmanöver.
Scharfe Linkskurve –

\# 2 *zum Vogel* Pass doch auf!

\# 1 Fast wären wir mitten im Flug mit dem Vogel zusammengestoßen –

Kurze Pause.

\# 2 Was, was ist das da unten –

\# 3 Was?

\# 2 Was ist das da unten –
dieser rote Punkt!?

\# 3 Wo?

\# 1 Da, da auf dem Gras –

\# 3 Ein roter Punkt? Sehe ich nicht, ich sehe keinen roten Punkt –

\# 2 Quatsch,
du siehst den roten Punkt, du bist eine Biene!

\# 1 Mal sehen, was das ist! Mal hinfliegen!

\# 2 Fliegen wir runter!

3 Nein!
1 Doch!
2 *macht einen Sturzflug nach mit dem entsprechenden Geräusch, das man aus Action-Filmen kennt* Iiiiiiiiiiuuuuuuuuuuuu-uuuuuu.
3 Arrrrrgh!
2 Bremsen!!!!!!!!!! Bremsennnnnn!!!! Bremsen!!!!!

Quietschendes Geräusch der Bremse.

1 Quieeeeeeeeeeetsch!

Kurze Pause. Die drei halten inne.

2 Was ist das?
3 Das, das, das ist eine – eine – wie heißt das?
1 Das ist eine *Blüte* –
2 Eine was?
3 Eine BLÜTE.
2 Blüte? Mann, woher soll ich wissen, wie das heißt, das rote Ding –
1 Eine Blüte!
2 Und jetzt?

Kurze Pause.

1 Da müssen wir rein –
2 Rein?
3 Reinkrabbeln –
2 Da rein? In das rote Ding? In die Blüte? Niemals!
1 Das macht man so –
2 Wer?
1 Das machen Bienen – Und du bist eine Biene –
2 Die krabbeln in so was rein?

Kurze Pause.

3 *langsam, etwas feierlich zum ganzen Publikum* Und dann
krabbelst du
in die Blüte –

Kurze Pause.

1 *sieht sich ehrfurchtsvoll beeindruckt um* Oh –
2 Du bist eine Biene,
und du bist in einer Blüte,
und um dich herum in der Blüte
ist alles gelb und rot.

Kurze Pause.

1 Oh wie schön – das ist ja wie in einer –
3 *unterbricht* # 1 Und es riecht –
Kurze Pause.
es riecht atemberaubend, herrlich –
herrlich!

Kurze Pause.

1 Aber etwas stimmt nicht –

Level 2

2 *stottert* Wir, wir –

Kurze Pause.

1 Wir –
3 Wo ist die Blüte hin?
Kurze Pause.
Die Blüte ist weg –
1 Und wo sind meine Flügel –
2 Wir haben keine Flügel mehr –
3 Wo sind wir?
2 Du bist nicht mehr in der Blüte –
1 Und du hast keine Flügel mehr –
3 In dem Moment, in dem du in die Blüte hinein gekrabbelt bist, hast du das nächste Level erreicht,
wir sind im zweiten Level.
1 Wieso im zweiten Level, was ist das hier, das ist hier doch kein Spiel –
Kurze Pause.
wisst ihr, wo wir sind?

Kurze Pause.

3 Oh nein –

Kurze Pause.

1 Doch – wisst ihr, wo wir sind?

Kurze Pause.

2 Oh Mann –

Kurze Pause.

\# 3 *sehr ernst zum Publikum* Wir sind wieder zuhause. Du bist wieder zuhause.
\# 1 Du bist wieder in deinem Bett.

Kurze Pause.

\# 2 Und du musst zur Schule. JETZT.
\# 1 Zur Schule.
\# 3 Schon viertel vor acht.
\# 2 Viertel vor acht –
\# 1 Du kommst zu spät.
\# 2 Du müsstest längst auf dem Weg sein.
\# 1 Auf dem Schulweg.
\# 3 Aber keiner hat dich geweckt.
\# 1 Wieso nicht?
\# 2 *gestresst* Mann!
\# 3 Wieso hat dich keiner geweckt?
\# 1 Warum nicht!?
\# 2 Können wir nicht zurück in das erste Level, das erste Level hat mir besser gefallen –
\# 1 Wieso hat mich meine Mutter nicht geweckt?
\# 3 Oder dein Vater?
\# 1 Irgendjemand –
\# 2 Ich kann dir sagen, warum dich keiner geweckt hat, weil deine Eltern morgens nicht aus dem Bett kommen, die schaffen das nicht – die kommen einfach nicht aus den Federn –
\# 3 Und jetzt geht es um jede Minute –
\# 1 Wieder zu spät – wie immer zu spät –
\# 2 Die haben gesagt, die schmeißen dich noch von der Schule, wenn du immer zu spät kommst –
\# 3 Los, los! Anziehen!

1 Unterhose, T-Shirt, Hose – wo ist die Hose?
2 Wo ist die Hose?
3 Ohne die Hose kommst du nicht weiter.
2 Du MUSST die Hose finden, sonst kommst du nicht ins nächste Level –
3 Wo ist die Hose?
1 Da ist sie –
3 Wo?
1 Da, unter dem Bett –
2 Unter dem Bett, wie kommt die denn da hin –

Kurze Pause.

1 Keine Ahnung –

Kurze Pause.

3 Und?

Kurze Pause.

1 Was?
3 STINKEN DIE SACHEN?

Kurze Pause.

1 *ist das peinlich* Also – also wirklich –
3 Deine Mutter wäscht doch seit Wochen nichts mehr –
2 Egal – raus, raus aus dem Zimmer und ab in die Küche! Tür auf!

Kurze Pause.

1 VORSICHT!

Kurze Pause.

3 Vorsicht, jetzt kein falscher Schritt –

Kurze Pause.

2 Du machst die Tür auf.

Türenquietschen.

1 Diese Stelle ist gefährlich –
3 GEFÄHRLICHST –
2 *flüstert* Ist das schon das nächste Level?
3 Nein!
1 Zimmertür auf –
2 *etwas angeekelt* Ihhh. Hufffff.
Kurze Pause.
Der Geruch von kaltem Zigarettenrauch weht den Flur hinunter –
3 *dringlich* Wir haben irgendwas vergessen,
du hast was vergessen –
2 Widerlich – warum rauchen die immer –
3 Wir haben irgendwas vergessen –
1 Du schleichst den Flur hinunter zur Küche –
2 Auf Zehenspitzen –
3 *leise, aber dringend* Ich glaube, wir haben irgendwas vergessen –
1 vorbei am Schlafzimmer deiner Eltern, die liegen schnarchend im Bett,
2 Bloß nicht wecken –
3 Bloß kein Geräusch machen –
2 Der Fußboden knarzt –

Knarzender Fußboden.

1 Dass die bloß nicht aufwachen –
3 tiptiptip auf Zehenspitzen den Flur runter zur Küche –
2 Geschafft –
WIR SIND IN DER KÜCHE,
ist das jetzt das nächste Level?
1 NEIN!
Du bist doch erst in der Küche, das hier ist die Hölle, erst die Sache mit der Hose, dann die Sache mit dem Flur, und jetzt musst du was zu essen finden – irgendwas –
3 *erschrickt irrsinnig.*
2 *schreit fast* Was ist?
3 *stottert* Am Küchentisch sitzt dein Vater.
2 Was? Ich denke, der schläft –
1 Am Küchentisch sitzt dein Vater,
3 oder er liegt mehr so halb auf dem Küchentisch –
2 der ist am Tisch eingeschlafen,
1 der Fernseher läuft,
3 und neben ihm steht eine halbvolle Flasche Bier,
2 und sieben weitere Flaschen stehen auf dem Fußboden.
An dieser Stelle musst du was ausrechnen. Sieben Flaschen, das sind wieviel Liter, wenn eine Flasche 0,5 Liter sind, dann sind sieben Flaschen – 7 mal 0,5, aber du hast noch keine Komma-Rechnung gehabt, ist doch egal, ist doch kein Problem, 0,5 Liter, das kann doch jeder, das ist wie eine mittelgroße Flasche Cola, und 0,5 sind ein halber Liter, und zweimal 0,5 sind dann zweimal ein halber Liter, und zweimal ein halber Liter sind zusammen ein Liter, und dann sind 7 x 0,5 – wieviel?
3,5 Liter – Bier. Wahnsinn.
1 Und du, du musst um ihn herum.
3 Um wen nochmal?
1 Du musst um deinen Vater herum, um was zum Frühstücken zu finden – ohne dass er aufwacht und dich anbrüllt, weil du wieder zu spät zur Schule kommst –

2 Bloß weil der nirgendwo hin muss –
3 Der hat seit vier Jahren keine feste Arbeit –
2 Jetzt rechne das mal aus: Wieviel Tage sind das? 4 Jahre mal wieviel?
Wieviel Tage hat das Jahr?
Zu schwierig –
3 Und Mama hat auch keine Arbeit –
1 Du musst an ihm,
3 an deinem Vater,
musst du vorbei, lautlos, schleichend –
2 Der schnarcht und stinkt nach Rauch –
3 Versprich mir, dass du nie rauchst –
1 Nie!
2 Und nie trinkst –
1 Nie!
3 Du musst an ihm vorbei, du musst dir vor der Schule wenigstens irgendwas zu essen schnappen, sonst verhungerst du –
1 Sonst kommst du nicht ins nächste Level.
2 Du siehst einen Apfel.
3 Wo?
2 Neben der –
sucht, erfindet etwas
neben der Spüle.
1 Wir brauchen den Apfel –
3 Leise, leise –

Kurze Pause.

2 Geschafft!!
wirft einen Apfel in die Luft HURRA, und los, mit dem Apfel zur Wohnungstür, und ab zur Schule –
3 Irgendwas haben wir vergessen –
1 KLIRR!

3 Nein!
1 Klirr!
2 Du bist über eine leere Bierflasche gestolpert,
3 dein Vater wacht auf, schon bewegt er sich –
1 Los jetzt, los!!!
2 Jetzt stolperst du über noch eine Flasche –
1 Raus hier, raus!
2 Tür auf!!!!!
3 NEIN!
2 WAS?
3 Du hast was vergessen – ich habe doch gesagt, wir haben was vergessen –
2 Was, was habe ich vergessen?
3 Wenn du das nicht hast, bist du verloren!!
1 Was denn?
3 DU HAST DEINE SCHULTASCHE IN DEINEM ZIMMER VERGESSEN!
1 Oh Gott!
2 Die Schultasche!
1 Und jetzt?
3 Du musst den ganzen Weg zurück zum Zimmer – du musst die Schultasche holen –
1 Unmöglich! Denn hinter dir –
2 Hinter dir –
1 Da baut sich schon dein Vater auf, der brüllt:
3 *als Vater* WIE OFT HABE ICH DIR GESAGT –
2 *als Vater* WIE OFT HABE ICH DIR GESAGT –
1 Und aus dem Schlafzimmer hörst du jetzt deine Mutter, die auch aufgewacht ist: DIE SCHMEISSEN DICH NOCH VON DER SCHULE!
3 Also Flucht nach vorn, Wohnungstür auf, Wohnungstür zu, die Treppe runter, raus aus dem Haus, raus, du hast es geschafft, gut, du hast die Tasche nicht, aber du hast es geschafft, du bist aus dem Haus raus, und jetzt –

Kurze Pause.

\# 2 Kommt jetzt das nächste –

Kurze Pause.

\# 1 Und jetzt – jetzt müsstest du eigentlich vor deinem Haus stehen, auf dem Gehweg vor dem Mietshaus,
\# 2 da, wo die Mülltonnen stehen –
\# 3 Da, wo die Fahrräder angeschlossen werden –
\# 1 Und vielleicht würde gerade jetzt irgendein Freund von dir angerannt kommen, einer, der auch zu spät zur Schule kommt, und dann könntet ihr gemeinsam zu spät kommen, was immer besser ist, als alleine zu spät kommen –
\# 3 Aber da bist du nicht.

Level 3

Kurze Pause.

\# 3 Du bist nicht vor deinem Haus.

Kurze Pause.

\# 2 Wo bin ich denn?
\# 1 Du bist in einem Raum.
In einem Zimmer.
Und du bist gefangen.

Kurze Pause.

\# 3 Es ist ein Klassenzimmer.
\# 2 Du bist in der Schule, in deiner Klasse.

1 Und du bist zu spät gekommen, das vierte Mal in dieser Woche –
2 Das gibt einen Eintrag.
3 Eintrag ins Klassenbuch, kennst du das?
1 Worüber redet die da vorne –
3 Wer?
1 Die Frau –
3 Die Lehrerin –
2 Deine Lehrerin – erst hat sie dich ins Klassenbuch eingetragen, und jetzt redet die über Bienen und Blumen.
Kurze Pause.
Wirklich. Bienen und Blumen.
1 Und jetzt kommt gleich der Moment, in dem alle ihre Hefte aus der Schultasche holen sollen –
3 Und du hast keine Schultasche –
2 Also was – was tun? Wie sollst du durch dieses Level kommen ohne die Schultasche –
1 Es gibt nur eine Möglichkeit –
2 WELCHE?
1 Du musst dich verwandeln.
Du musst über den Tisch krabbeln.

Kurze Pause.

2 Wie bitte?
Das verstehe ich nicht – wie, ich soll über den Tisch krabbeln.
Spöttisch Wie unauffällig –
1 Du bist wieder eine Biene: Du musst dich wieder in eine Biene verwandeln – so wie heute früh.
2 Ach so –
3 Du bist wieder eine Biene, und du krabbelst über die Seite eines Schulhefts – die ist so schön weiß –
Bienen mögen weiß –

1 Wenn alles so schön weiß wäre, wie die Seite dieses Schulhefts, über die du gerade krabbelst, da steht in Schönschrift: DIE BLUME, und du krabbelst weiter –
2 Ich krabbele weiter –
1 Da liegt ein Stift, der ist so groß wie ein umgefallener Baum –
3 und da steht ein Anspitzer, so hoch wie ein Turm,
2 und da ist eine Federmappe, die sieht aus wie, wie – der Mund eines Monsters –
1 und da liegt ein Radiergummi, groß wie ein Auto, und daneben ist eine Hand,
Kurze Pause.
die Hand eines Riesen –
2 Ist das deine eigene Hand? Ich meine – äh, ist das meine eigene Hand?
3 Nein, das ist nicht deine eigene Hand – wie soll das deine eigene Hand sein, du bist doch eine Biene – seit wann haben Bienen Hände? – Bienen haben Beine –
1 Das kann ja gar nicht deine eigene Hand sein, denn du krabbelst ja über den Tisch, über das Schulheft, schon vergessen?
3 Und die Hand – die Riesen-Hand, das ist die Hand von Susanne Matzanke.
2 *entsetzt* Susanne Matzanke?! Mit der sitze ich am selben Tisch in der Schule –
1 LEIDER.
3 Und das Schulheft, über das du krabbelst –
1 Das ist leider das Schulheft von Susanne Matzanke –
2 Die schreibt immer in Schönschrift, und da steht in ihrem Heft EIN TAG IM LEBEN EINER BIENE –
3 Und jetzt sieht Susanne dich –
1 Die Biene –
2 Die Biene auf ihrem Scheiß-Schönschrift-Schulheft –
3 Und was passiert dann????

Die drei blicken ins Publikum.

\# 1 Ja, genau:
DAS.

Kurze Pause.

\# 3 Susanne beginnt zu kreischen.
\# 2 Und du? Ich meine, und ich?
\# 1 Was sollst du machen?
\# 3 Susanne kreischt:
Eine Biene, eine Biene!!!
\# 2 Und dann packt sie ihre Federtasche.
Ihre Monsterfedertasche, in der sie all die Stifte hat, die ihr ihre Oma immer zum Geburtstag schenkt –
\# 1 Und sie versucht dich plattzumachen.
KLATSCH.
\# 3 Aber du, du hast Gott sei Dank Flügel, und du schaffst es gerade noch ihrem Schlag auszuweichen, du fliegst los, aber Susanne,
\# 1 Susi –
\# 2 Susanne streift dich noch mit ihrer Federtasche –
\# 3 Aua –
\# 2 Und du fällst mitten im Flug auf den Boden –
\# 1 BAMMMMMMM –
\# 3 Das war Susis Fuß –
\# 2 Knapp vorbei –
\# 3 Das war knapp –
\# 1 BAMMMMMMMMM
\# 2 Das war der Fuß von Ole – Ole Krüger.
\# 3 Nichts wie weg –
\# 1 BAMMMMMMMMM
\# 2 Das war der Fuß von Peter Müller.
\# 3 Ab in die Luft!

2 Und die Kinder in dem Klassenzimmer drehen durch – eine Biene, eine Biene!!!
Als ob du so gefährlich wie ein Haifisch wärst –
1 Sie fuchteln mit ihren Stiften –
3 Sie schmeißen mit ihren Schulheften nach dir –
2 Und die Lehrerin schreit:
Kinder, Kinder, das ist doch bloß eine arme Biene –
1 Und du willst sagen: Nein, nein, ich bin keine Biene, ich bin es doch, erkennt ihr mich nicht – ich bin es!
3 Aber leider bist du eine Biene, in diesem Level bist du eine Biene, und du musst hier weg, sonst machen sie dich fertig –
1 Die Horde, die Meute – die Kinder, sie kreischen –
2 Und die Lehrerin:
Lasst doch das arme Tier!!!
1 Aber keine Chance –
3 Dieses Level ist tödlich
du musst hier raus raus raus –
1 Du musst raus, an die Luft, zum Licht, da –
2 Da ist der Ausweg, die Bäume, die Blüten, du kannst alles schon sehen – der Himmel – die Sonne –
1 Die Sonne ist ein Ball aus Feuer –
steckt sich kurz die Finger in die Ohren
3 BOING
2 AU!
1 Du knallst gegen etwas, da ist ein unsichtbarer Widerstand, hart, durchsichtig,
Kurze Pause.
undurchdringlich –
2 Was ist das?
3 Was ist durchsichtig wie Luft und hart wie Stein?
Kurze Pause.
Glas – Ein Fenster –
1 Du knallst gegen ein Fenster –

3 Immer wieder, und du verstehst erst nicht, was los ist, und du versuchst es immer wieder, das muss doch gehen –
2 BOING BOING
3 BOING
2 *als Lehrerin* LASST DOCH DAS ARME TIER IN FRIEDEN!
1 Im Klassenzimmer herrscht das reinste Chaos –
3 Susanne Matzanke baut einen Turm, sie stellt einen Stuhl auf einen Tisch und klettert drauf, weil das Fenster zu hoch ist,
um dich zu erwischen –
2 Weil sie dich sonst nicht töten kann –
3 Sie stellt sich auf den Stuhl, und in ihrer Hand hält sie ihren linken Schuh – mit dem will sie dich zerquetschen, weil du über ihr Schönschriftheft gekrabbelt bist –

Kurze Pause.

1 *ernst* Wenn jemand mit dir etwas tut, was du auf keinen Fall willst – Wenn jemand dir weh tut – Wenn dich jemand plattmachen will, wenn dir jemand etwas wirklich Böses antun will – Was machst du dann?
Kurze Pause.
Ja, im Ernst, was machst du dann?
Kurze Pause.
Du müsstest schreien, aber gut, in diesem Fall kannst du nicht schreien, denn du kannst nun mal gerade nicht schreien, weil du eine Biene bist,
und du kannst auch nicht bei der Polizei anrufen –
und was machst du dann –
Kurze Pause.
du musst dich wehren –
3 Wenn du dich jetzt nicht wehrst, zerquetschen sie dich, und dann hast du das Level nicht geschafft –

1 Du musst das hier überleben –
Kurze Pause.
und das heißt:
Kurze Pause.
Du musst angreifen –
2 Also los –

Kurze Pause.

3 Angriff – Angriff ist manchmal die beste Verteidigung,
2 und du fliegst auf Susi zu, genau auf sie zu –
3 Du kannst nicht warten, bis sie dich fertigmachen –
1 Du fliegst genau auf sie zu – auf Susi –
2 Und die, die fuchtelt riesengroß mit ihrem Schuh –
1 Und du, du fliegst immer um Susi herum, summ summ summ,
3 immer im Kreis um Susi Matzanke herum,
2 die kreischt und fuchtelt –
1 und kreischt –
2 *als Susi* Ahiiiiiiiiiiiiii
3 Und Susi bekommt Panik, und sie kommt aus dem Gleichgewicht –
2 *als Susi* Uuuuuiiioooo
Aiiiii!
1 *in Zeitlupe* Sie fällt von dem Stuhl –
sie fällt von ihrem Todesturm –
macht den Sturz in Zeitlupe nach
2 Aber ihr Schuh –
Susis Schuh …
3 der fliegt ihr, während sie von ihrem Turm stürzt, aus der Hand …
und der Schuh rauscht knapp an dir vorbei durchs Fenster –
macht die Flugbahn nach

Kurze Pause.

1 Tausend Scherben –

Kurze Pause.

2 Der Weg ist frei –

Kurze Pause.

3 Du hast es geschafft,
1 das Fenster ist kaputt, du kannst hier raus –
2 Und du fliegst durch das Fenster –
1 SSSSSUMMMMMM –
3 Hinter dir die plärrende Susanne auf dem Fußboden und das ganze Klassenzimmer im Chaos – und vor dir die Sonne –
1 Die Sonne ist ein Ball aus Feuer.

Kurze Pause.

2 *ungläubig stolz* Viertes Level – du bist im vierten Level – das muss das vierte Level sein –

Level 4

1 Nieselregen –

Kurze Pause.

3 Nieselregen? Ich dachte, es scheint die Sonne –
1 Keine Sonne mehr. Wolken.
Kurze Pause.
Nieselregen. Im vierten Level regnet es.

2 Regen – das ist nichts für Bienen.
3 Aber du bist keine Biene mehr.

Kurze Pause.

2 Kennt ihr das:
Auf dem Schulweg allein nach Hause im Nieselregen?
Zu Fuß?
3 An einem trüben Tag, an einem Tag wie im Herbst?
1 Nieselregen.
schlägt den Kragen hoch. Räuspert sich umständlich.
Und du bist auf dem Weg nach Hause.
Hungrig.
3 Schließlich hast du nichts gefrühstückt. Nur den Apfel, heute früh, weißt du noch?
2 Das war heute früh, in der Küche, kommt dir schon ewig her vor.
1 Und auf dem Weg nach Hause im Nieselregen
musst du an dem Haus von dem Seemann vorbei.
Kurze Pause.
Der Seemann.
Der wohnt da, wo die Löwenmäulchen blühen,
am Pfingstanger, so heißt die Straße,
2 der Seemann hat ein weißes Häuschen,
und die Kinder nennen ihn den Seemann, weil er angeblich ein Holzbein hat –
3 Aber es ist nicht sicher, ob er ein Holzbein hat, niemand hat das Holzbein je gesehen, denn er hat immer lange Hosen an, aber er hat einen Fahnenmast vor seinem Haus, komischer Typ, und es heißt, der Seemann hat mitten im Wohnzimmer im Fußboden unter dem Teppich eine Klappe,
und wenn man die aufmacht, ist da darunter eine steile Treppe, die führt in einen Geheimkeller –

1 Und da, aus dem Geheimkeller, da gibt es angeblich kein Entrinnen –

2 Und an dem Haus musst du also vorbei … und als du gerade vorbeigehst, an dem Haus, steht der Seemann in seinem Vorgarten, mit einem Regenschirm, das macht er sonst nie, warum steht er da im Regen,
Kurze Pause.
und er winkt dir zu –

3 *als Seemann, sehr freundlich* Hallo.
(Ich bin jetzt der Seemann)

1 Er sagt Hallo. Der Seemann sagt: Hallo.

3 *als Seemann, sehr freundlich, vielleicht mit einem Regenschirm* Na, wie geht's. Du siehst traurig aus, ist was passiert, kann ich dir helfen?

2 Und dein Herz schlägt dir bis zum Hals.
Und ja, es stimmt, du bist traurig, und dir ist heute schon eine Menge passiert, aber das geht den Seemann nichts an, das geht den absolut nichts an –

3 Du brauchst keine Angst zu haben, sagt der Seemann. Schlechtes Wetter heute –

2 Jetzt fängt es nämlich wirklich an zu regnen –

3 Komm doch rein – willst du nicht reinkommen – du wirst ja ganz nass, du hast ja nicht mal eine richtige Jacke …

1 Es regnet jetzt richtig stark –

3 *lächelt* Brauchst keine Angst zu haben – hast du etwa Angst?
Traust du dich etwa nicht?
Ich mach dir eine heiße Schokolade – oder hast du Hunger, hast du heute schon was Vernünftiges gegessen?
Komm –

2 Der Seemann macht die Haustür auf –

1 Und du – was machst du?

Längere Pause. Fragender Blick.

\# 3 Sag mir nicht, dass du da reingehen würdest. (Jetzt bin ich nicht mehr der Seemann, ich bin jetzt wieder ich.)
Du gehst da nicht rein.
Auch wenn du nass wirst –
Kurze Pause.
Sonst kannst du das Level vergessen.
\# 1 Das ist vielleicht eine Falle.
Das könnte eine Falle sein.
Nicht alle Leute, die nett sind, sind auch wirklich nett.
Schon mal gehört?
\# 2 Weitergehen. Weitergehen, nicht stehen bleiben. Du gehst weiter, du lässt dich nicht von dem Seemann in ein Gespräch verwickeln –
Du sagst:
NEIN, DAS WILL ICH NICHT.
\# 3 *ruft als Seemann* Das ist aber sehr unfreundlich von dir – Hast du was gegen mich? Das sag ich deinen Eltern – deine Eltern haben mir gesagt, ich soll dir eine heiße Schokolade machen.
\# 2 *lächelt* Aber du weißt: Das ist gelogen. Deine Eltern kennen den Seemann doch gar nicht. Und du – du lässt dir nichts erzählen – du biegst einfach um die Ecke,

Level 5

\# 1 du bist ein Held –
\# 2 Du hast dich nicht beeindrucken lassen.
\# 1 Du hast NEIN gesagt.
\# 3 Du bist unbesiegbar.
\# 2 Dich macht nichts fertig,
nichts –

1 Heute nicht, und morgen nicht –
3 Und überhaupt nie –
2 Du bist unbesiegbar –

Kurze Pause.

1 Wir sind unbesiegbar.
Kurze Pause.
Und ich glaube, wir sind im fünften Level.
3 Ja? Glaubst du?
Auf jeden Fall wird es gerade unglaublich heiß, wie vor einem Gewitter –
2 *plötzlich Gefahr witternd* Es hängt etwas in der Luft –
1 Was?
Kurze Pause.
Was?
2 Ich weiß nicht – es hängt was in der Luft.
1 Wie?
2 An dem Haus von dem Seemann bist du vorbeigekommen,
aber das heißt ja noch nicht, dass du gewonnen hast, du musst ja noch nach Hause, du musst es ja noch in dein eigenes Zimmer schaffen, und an deinen Eltern kommst du nicht so einfach vorbei wie an dem Seemann –
3 Aber meine Eltern haben wenigstens kein verstecktes Holzbein und keine Klappe unter dem Wohnzimmerteppich und keinen Geheimkeller –
2 Nein, haben sie nicht, aber sie trinken jede Menge Bier und sehen den ganzen Tag fern, und die Wohnung stinkt nach Rauch, und wenn sie sich anschreien –
Kurze Pause.
und noch bist du nicht zu Hause.
Und es donnert bedrohlich in der Ferne.

Kurze Pause.

1 BÄÄÄNG
2 Was war das?
3 Was war das?
1 BÄÄÄÄÄNG. Dir hat jemand eine gescheuert.
2 Wer? Der Seemann aus dem vierten Level?
1 Nein –
3 Wer –
1 Keine Ahnung, irgendwelche Typen.
3 Typen?
1 Jungs –
2 Jungs –
3 Das sind die Brüder –
2 Welche Brüder? Meine Brüder?
3 Nein, nicht deine Brüder, du hast keine Brüder, LEIDER,
das hier sind DIE Brüder –
2 DIE Brüder?
1 Älter als du – stärker –
3 Was wollen die –
1 Die sagen, gib uns dein Telefon.
2 Welches Telefon?
1 BÄÄÄNG, noch eine Ohrfeige, Mann, gib uns dein Telefon und deinen MP3-Player –
3 Welcher MP3-Player –
1 *aggressiv als Bruder* Willst du mich verarschen, hast du keinen MP3-Player und kein Telefon? Das glaubt dir keine Sau,
2 und du sagst: Ich hab doch noch nicht mal eine Schultasche dabei –
3 Aber die schubsen dich – die schubsen dich gegen einen Zaun, gegen so einen Lattenzaun, und weit und breit ist kein Mensch auf der Straße, und sie fangen an, deine

Hosentaschen zu durchsuchen –
die wollen dich ausrauben –

2 Aber du –
Kurze Pause.
du kennst dich hier aus.
Du kennst in diesen Straßen jeden Winkel.

3 Jeden. Das hier ist dein Revier.

2 Und du weißt:
Dieser Zaun hat eine Lücke. Ein loses Brett.
Kurze Pause.
Und da passt du durch.

3 Durch die Lücke.

2 Aber die Brüder nicht.

1 Die Brüder sind zu dick. Die passen nicht durch die Lücke.

3 Und du – du haust dem Oberbruder auf die Nase,

1 und schwupps ab durch die Lücke, tschüss –

2 Tschüss, Brüder, ihr blöden Fettsäcke,

3 und du rennst los, und am Anfang drehst du dich immer wieder um, um zu sehen, ob dir auch niemand folgt, du kämpfst dich durch die Hinterhöfe, du kennst hier jeden Zaun, jeden Garten, jeden Kaninchenstall und jede Mauer, und jeden Hausmeister, jeden Winkel,

Kurze oder längere Pause.

1 und dann – dann stehst du irgendwann wieder auf der Straße, es regnet,
Kurze Pause.
und deine Füße werden in dem Regen immer schwerer, immer, immer schwerer –
Kurze Pause.
du kannst schon das Haus sehen, in dem du wohnst –
aber du kommst immer langsamer voran,

3 Es ist, als ob es Klebstoff regnen würde –
2 Deine Füße sind zentnerschwer,
1 Tonnenschwer –
2 Sie kleben an der Straße,
3 Klebstoff, ich glaube, es regnet Klebstoff –
2 Und warum?
1 Keine Ahnung
Schlechtes Wetter, Klimakatastrophe?
2 Weil du nicht nach Hause willst.
3 Warum nicht –
2 Weil, wenn du die Tür aufschließt, die Tür von deiner Wohnung –
1 Hast du einen Schlüssel, ich meine, habe ich einen Schlüssel?
2 Du hast einen Schlüssel.
3 Du bist das, was man ein Schlüsselkind nennt,
2 du willst nicht nach Hause, weil, wenn du die Tür aufschließt –
weil dann alles so ist wie –
beißt sich auf die Lippen
weil dann alles noch so ist wie heute Morgen.
Kurze Pause.
Der Vater am Küchentisch.
Die Mutter im Bett.
Kurze Pause.
Du warst den halben Tag in der Schule, die haben dich da fast umgebracht, und deine Eltern – die kommen nicht mal aus dem Bett.
1 Die sind wie gelähmt.
3 Und du, du hast inzwischen RICHTIG Hunger.
2 Also was tun –
3 *zuckt mit den Schultern* Kann man nichts machen –
Kurze Pause.
Aber du bist stark.

Unbesiegbar.
Schon vergessen?
1 Du schließt die Wohnungstür auf –

Kurze Pause.

3 Alles ruhig –
2 Du gehst in die Küche –
3 Niemand in der Küche –
2 Hunger.
Du machst den Kühlschrank auf –
1 und der Kühlschrank ist leer.
2 Leer.
3 Das heißt, eigentlich ist er nicht leer, der Kühlschrank ist voller Astra-Bier,
1 und du,
2 dir ist jetzt alles egal –
3 Du hast HUNGER –
1 Du gehst ins Schlafzimmer –
Kurze Pause.
du gehst ins Schlafzimmer,
und du sagst, Mama, ich habe Hunger.
Kurze Pause.
Mama, ich habe Hunger.
Diese Stelle in dem Level hasse ich.
Ich hasse die Stelle.
2 Weil sie durch dich durchguckt.
Kurze Pause.
Deine Mama sieht durch dich durch, als wärst du eine Glasscheibe.
3 Du musst es dreimal sagen, Mama, ich habe Hunger – so ist das wohl in dem Spiel.
2 Mama, ich habe Hunger.
1 Mama, ich habe Hunger.

2 Und dann sagt sie:
Kurze Pause.
Ravioli.
1 Ravioli.
3 Ravioli!
2 Und wenn sie RAVIOLI sagt,
und *erst* wenn sie RAVIOLI sagt, hast du das Level geschafft.

Level 6

1 Level sechs.
Die folgenden Schritte musst du in der richtigen Reihenfolge ausführen,
2 Sonst stirbst du –
3 Erstens:
Dosenöffner finden.
2 Wenn du den Dosenöffner nicht findest, verhungerst du.
1 Zweitens:
Eine Dose Ravioli finden. Sonst verhungerst du –
3 Drittens:
Die Dose mit dem Dosenöffner aufkriegen,
1 Ohne dich zu schneiden –
2 Sonst verblutest du –
3 Viertens: Dose in die Mikrowelle stellen,
2 NEIN NEIN NEIN!!!!!!!!!!!!!!!
3 Was denn?
2 Wenn du das machst, explodiert die Küche.
3 Was?
2 Man darf kein Metall in die Mikrowelle stellen, auch keine Dose –
3 Okay, okay – bin ich schon tot?

2 Nein, aber fast, wenn du, wenn du das Ding angemacht hättest, dann wären wir hier jetzt alle –
1 Okay, also nochmal:
Erstens: Dosenöffner finden.
Zweitens: Eine Dose Ravioli finden. Sonst verhungerst du –
Drittens: Die Dose mit dem Dosenöffner aufkriegen, ohne sich zu schneiden –
2 Viertens: Inhalt der Dose in einen Teller tun.
3 Auf einen Teller,
2 Ja – in oder auf, egal –
3 Den Teller IN die Mikrowelle stellen, nicht AUF die Mikrowelle,
2 Witzig – sehr witzig –
3 Fünftens: Anmachen, Zeit einstellen, auf das Ping warten. Sechstens: Rausnehmen –
1 Vorsicht, fühlt sich kalt an, ist aber irre heiß –
ALLE Siebtens: ESSEN
1 Was für ein Hunger –
3 Wahnsinnshunger –
1 Und dann merkst du,
dass etwas fehlt –

Kurze Pause.

2 Dass etwas fehlt? Was denn?
3 Du merkst, dass die Sonne weg ist –
1 Und die Sonne
ist ein Ball aus Feuer –
3 Aber die Sonne ist weg.
Es ist Nacht geworden –
1 Du merkst, dass es draußen dunkel geworden ist – draußen ist Nacht –
2 Und du – du bist nicht mehr in der Küche –

Kurze Pause.

3 *leise* Das muss das letzte Level sein –
2 Das letzte Level ist das schwierigste –
1 Und du bist nicht mehr in der Küche –
du bist in deinem Zimmer –
in der Dunkelheit.
Kurze Pause.
Du bist in deinem Bett –
3 Du liegst im Bett, und eigentlich solltest du schlafen, aber du schläfst nicht –
2 Du hörst im Dunkeln, wie im Wohnzimmer der Fernseher läuft –
3 Dünne Wände –
1 Das Licht unter dem Türschlitz –
in deinem Zimmer ist es dunkel, aber im Flur brennt Licht –
2 Du riechst den Rauch der Zigaretten, der wie immer in der Wohnung hängt –
3 Was gab es denn zu essen –
1 Na, RAVIOLI, schon vergessen?
3 Hast du noch Hunger –
2 Also ehrlich gesagt: Ja.
1 Zähne geputzt?
2 Also ehrlich gesagt: Nein.
1 Hm.
3 Kümmert sich da keiner drum?
2 Worum?
3 Um das Zähneputzen. Und diese ganzen Sachen, wenn du ins Bett gehst.
2 Hm.
1 Musst du alles selber machen –
3 Sagt dir keiner Gute Nacht?
2 *schüttelt den Kopf.*

3 Schwierig. So was ist schwierig.
1 Und danach kommt das Schwierigste –
2 DAS SCHWIERIGSTE?
DER TAG WAR DOCH SCHON SO SCHWIERIG GENUG!
1 Jetzt kommt, dass, wenn du allein im Bett liegst –
2 Wieso allein, ich habe doch den Computer dabei –
1 dass du es schaffen musst – einzuschlafen.
Auch wenn keiner kommt und Gute Nacht sagt.
3 Und wie soll das gehen?
1 Mach die Augen zu.
2 Auf keinen Fall.
1 Mach den Computer aus –
2 Okayyyyy –
1 Zähne schon geputzt?
2 Nein! Habe ich doch schon gesagt!
1 Also los –
3 Aufstehen, ins Badezimmer, Zähneputzen, Gute Nacht den Flur runter rufen und wieder ab ins Bett –
2 Und dann?
1 Und dann – Augen zu. Tief durchatmen. Ein und aus. Und mit jedem Atemzug zählen. Eins, einatmen, zwei, ausatmen, drei –
macht vor, wie das geht
und so weiter bis zehn, und dann – wieder von vorne, spürst du die Luft in deiner Nase?
3 Du hörst den Fernseher im Wohnzimmer, du hörst die Stimmen deiner Eltern,
du hörst, wie die Frau in der Nachbarwohnung mit jemandem am Telefon spricht, Ferngespräch, die spricht immer so laut in einer Sprache, die du nicht verstehst,
du hörst, wie dein Vater hustet,
du hörst, wie irgendwo ein Glas runterfällt und kaputtgeht,

2 und irgendwo im Haus hört jemand Musik,
irgendwo läuft eine Maschine,
und draußen fahren die Autos vorbei –
1 Und da sitzt plötzlich eine Frau an deinem Bett –
3 Und die Frau ist wunderschön.

Kurze Pause.

2 *leise* Ist das ein neues Level?

Kurze Pause.

1 Die Frau ist wunderschön.
Sie ist eine Königin.
Sie strahlt –
3 Alles um sie herum strahlt,
2 und die Wände in deinem Zimmer leuchten –
1 Sie leuchten wie von innen, gelb, und rot,
3 wie sonnendurchflutet –
2 Wie sonnendurchflutet – die Sonne ist ein Ball aus Feuer –
3 Und dabei ist doch Nacht.
2 Es ist plötzlich so wie heute früh,
in der Blüte, weißt du noch –
3 In der Blüte – in der alles gelb und rot war –
1 und in der Luft ist ein Summen, ein leises Summen –
2 wie von tausend Bienen –
3 an einem warmen Sommernachmittag –
1 Hallo,
3 Hallo – sagt die Königin. Hallo. Weißt du, wer ich bin?
2 Und du, du musst nicht lange überlegen, du sagst:
Du bist die Bienenkönigin.
1 Ja, sagt die Bienenkönigin. Das bin ich.
Willkommen.

2 Äh, danke, sagst du. Und du wunderst dich, dass sie dich in deinem eigenen Zimmer willkommen heißt, schließlich ist es doch dein Zimmer, das Zimmer, in dem du heute früh losgeflogen bist –
3 Und was passiert, wenn jetzt deine Mutter reinkommt,
2 oder dein Vater,
1 aber die kommen nicht rein, die sind im Wohnzimmer und sehen Fernsehen.
3 Weißt du, wo du bist, fragt die Bienenkönigin –
1 Und du – du sagst – doch, ja – ich bin – ich bin im nächsten Level.
2 Die Königin lächelt, aber gleichzeitig schüttelt sie den Kopf …
3 Nein, sagt sie –
2 Nein?
3 Ich bin gekommen, um dir etwas zu sagen –
1 Ja? Was denn?
3 Ich wollte dir nur sagen:
Du bist etwas Besonderes.
1 Ich?
3 Du, ja. Du bist etwas Besonderes.
1 Ich?
Besonders?
Wirklich?
3 Du bist etwas sehr Besonderes.
1 Also ich weiß nicht – ich bin nicht besonders gut in –
2 Die Bienenkönigin sieht dich ernst und tief an.
3 So hat dich überhaupt noch niemand angesehen.
2 Ungefähr so –
macht vor, wie die Bienenkönigin guckt, ist aber nicht zufrieden mit der Darstellung des Blicks Oder so –
versucht es noch einmal –
3 Das darfst du nie vergessen –
1 Was?

3 Auch wenn es schwierig ist –
1 Was denn?
3 Dass du etwas Besonderes bist.
Du hast schon so viel geschafft.
2 An dieser Stelle weißt du nicht, was du sagen sollst –
1 Also –
2 Du sagst:
Also – das ist immer gut, wenn man nicht weiß, was man sagen soll –
1 Also –
3 Weil du alleine bist.
Weil dir keiner hilft.
2 Und in dem Moment würdest du am liebsten anfangen zu heulen.
3 Ich weiß. Ich weiß, sagt die Bienenkönigin.
Ist nicht einfach.
1 *fast weinend* Nein! Ist wirklich nicht immer einfach.
Weißt du, was heute los war?
Erst vergessen sie mich zu wecken, und dann wollen sie mich in der Schule fast plattmachen, und auf dem Heimweg, auf dem Heimweg zurück von der Schule, da –
Kurze Pause.
Und dann macht dir keiner was Vernünftiges zu essen, und ich hätte fast die Küche in die Luft gejagt –
und schließlich bist du im Bett –
und dann kommt keiner, weil die irgendwas im Fernsehen zu Ende sehen wollen –
3 Bei uns ist das einfacher –
2 Ja, sagst du, aber ihr seid auch nur Bienen. Bei euch gibt es keinen Fernseher, der immer läuft, und keinen Kühlschrank, in dem es nichts zu essen gibt, und und keine Susi Matzanke –
Ich weiß einfach nicht, was ich machen soll –
3 Also wir – wir machen zum Beispiel Honig –

2 Honig? Ich soll Honig machen? Das kann ja wohl nicht wahr sein –
1 Die Bienenkönigin lächelt. Sie sagt:
Nein, Honig kannst du nicht machen. Das können nur Bienen.
Verstehst du?
2 Klar – klar verstehe ich das –
1 Und du bist ja keine Biene.
2 Eben!
1 Aber du kannst auch was, was andere nicht können –
2 Und was?
3 Das weißt du nicht? Dann wirst du das noch herausfinden.
2 Und *wie* soll ich das herausfinden?
1 Die Bienenkönigin lächelt und verwuschelt deine Haare.
3 Wirst schon sehen.
Vielleicht schon morgen früh, sagt sie.
2 Morgen schon?
3 Wirst schon sehen.
Das schaffst du schon.
Gib nicht auf.
1 Und dann wird das Summen lauter und lauter –
und gleichzeitig hören die Zimmerwände auf zu leuchten –
und du merkst, dass du schon fast schläfst –
3 Bis morgen, hörst du die Königin noch sagen – bis morgen früh –

Kurze magische Pause.

1 Und alles beginnt
ganz harmlos –

Kurze Pause.

2 Wunderschön –
3 *deutet auf den Horizont in der Ferne* Die Sonne geht auf.
1 Ganz langsam.
3 Vogelgezwitscher.
Sommer.

1 *zwitschert wie ein Vogel.*

2 Vogelgezwitscher.
3 Und die Sonne
erscheint rot über dem Dach des Nachbarhauses,
neben dem Schornstein
und den Antennen.
2 Und die Sonne ist ein Ball aus Feuer.
1 Und du,
macht eine Geste wie am Anfang
du kannst fliegen.
Und du fliegst los.

Den Kindern auf der Spur
Interviews mit den Autorinnen und Autoren

Das Kinder- und Jugendtheater, seine Dramatik, sein Publikum und die Spielweisen der Ensembles sind für die Autor*innen dieses Bandes Neuland. Einzig Finn-Ole Heinrich verfügt als Kinder- und Jugendbuchautor über Erfahrungen mit der jungen Leserschaft. Er hat auch als spielender Performer vor eben diesem Publikum auf der Bühne gestanden. Alle anderen Autor*innen sind Debütanten auf diesem Gebiet.
Umso spannender, sie zu befragen – nach ihren neuen Erfahrungen mit dem Schreiben ihres ersten Kinderstückes und den Besonderheiten in der Zusammenarbeit mit den Kinder- und Jugendtheatern in Dresden, Esslingen, Freiburg, Gelsenkirchen, Konstanz und Oldenburg.

MARC BECKER lässt sich beim Schreiben seines ersten Kinderstückes nicht von dem Gedanken an das zukünftige Publikum leiten: »Der Gedanke an das zukünftige Publikum spielt für mich zu Beginn des Schreibens zunächst keine Rolle, egal ob Kinder- oder Erwachsenentheater. Ich suche mir ein Thema, das mich interessiert, und los geht es. Nachdem ich dann einige Wochen gearbeitet habe, rücke ich die ersten Textpassagen raus und bespreche mich mit Dramaturginnen/en, Verlegerinnen/n, Freunden und Frau. Das Besondere bei meinem Stück GLÜCKSFORSCHER war zweierlei: Zum einen waren erstmalig unsere Kinder die Ersten, denen ich den Text vorgelesen habe, um herauszufinden, ob sie das Stück anspricht. Zweitens haben wir (Theaterpädagogin Lea Schreiber, der Kinder- und Jugendtheaterdramaturg Matthias Grön und ich) im Vorfeld des Stückes eine Projektwoche zum Thema Glück mit einer

dritten Schulklasse veranstaltet und gemeinsam nach dem Glück geforscht. Zum Zeitpunkt der Projektwoche war eine erste Fassung des Stückes fertig und ich konnte diverse Überlegungen im Zusammenspiel mit den Kindern überprüfen.
Die größte Herausforderung bei diesem Text bestand für mich darin, bei der Fülle von Material/Literatur zum Thema Glück das Sujet so anzugehen, dass viele Gedanken/Ideen angestellt, ausprobiert und ausgespielt werden können, diese aber nicht zu pädagogisch-didaktisch in den Raum gestellt werden. Ich mag es nicht, im Theater belehrt zu werden. Ich bevorzuge Inspiration und gute Unterhaltung.«

Anders äußert sich SIGRID BEHRENS. Ihr erstes Kinderstück sieht sie als persönliche Herausforderung und empfindet den »Platzhalter bei mir zuhause«, ihr eigenes Kind, als Inspiration und besonderes Glück – auch für den Schreibprozess: »Eben weil es mein erstes Kinderstück ist, hatte ich mehr als sonst das potentielle Publikum im Sinn – neben der konkreten Aufführungsstätte, dem Jungen Theater Konstanz; und ein Quäntchen mehr Sorge auch, dem Format nicht gewachsen zu sein. Zusammengenommen hat mich das dann allerdings einen sehr belebenden Blick auf den Schreibprozess werfen lassen, so wie es ja immer erfrischend ist, etwas zum ersten Mal zu tun. Was will ich von einem solchen Stück? Was will ich für ein solches Publikum? Was erwarte ich selbst von einem Stück, zu dem ich meine Kinder begleite? Wenn ich für Kinder schreibe, dann mit dem Wunsch, sowohl die Kinder als auch ihre erwachsenen Begleiter anzusprechen – auf dass beide Lust haben, zurückzukommen ins Theater, bestenfalls zusammen. Praktischerweise habe ich einen Platzhalter der potentiellen Zielgruppe bei mir zuhause, nämlich meinen Sohn. Ohne ihn wäre ich zum einen gar nicht auf die Figuren und ihre Geschichte gekommen, zum anderen hätte mir auch ein Gefühl dafür gefehlt, was Kinder in dem Alter schon alles fassen können, begreifen und artikulieren – und dass das weit mehr ist, als ich noch vor ein paar Jahren gedacht hätte.«

FINN-OLE HEINRICH lebt, wie gesagt, schon länger in der Welt der Jugendliteratur und für die Kunst für junge Menschen. Aber beim Denken an das zukünftige Publikum denkt er zuerst an sich: »Eigentlich spielt der Gedanke an egal welches Publikum beim Schreiben für egal welches Medium für mich erstmal gar keine große Rolle. Das einzige Publikum, das der Text am Anfang hat, bin ich. Mir muss das alles gefallen. Aber da ist es schon so: ich sitze dann im Kinosessel, im Zuschauerraum eines großen Theaters, oder liege mit einem imaginären Buch in meinem Bett und stelle mir die Geschichte vor. Dann schreibe ich sie ab. Die Herausforderung ist dieselbe wie immer: Ich will eine möglichst gute Geschichte möglichst gut, einfallsreich, angemessen und ökonomisch erzählen. Spezifisch wird es wirklich erst, wenn ich mir klarmache, welche Mittel mir zum Beispiel im Medium Theaterbühne zur Verfügung stehen, und welche nicht.«

NORA MANSMANN, erfahren als Autorin und Regisseurin, hat sich vorab Gedanken gemacht, wie »meine spezielle Art zu schreiben« sich an das Kinderpublikum anpassen würde: »Da ich am Beginn der Arbeit des Stücks FUCHS & FREUND noch wenig Erfahrung mit Kindern der Altersgruppe ab 6 hatte, war es für mich wichtig, zunächst einen Zugang zu ihrer Gedankenwelt/Weltsicht zu bekommen. Ich hatte die Vorstellung, dass es eine Herausforderung sein würde, meine spezielle Art zu schreiben an ein Stück für diese Altersgruppe anzupassen. Nachdem ich in

Dresden eine Kita und eine Grundschule besucht hatte, um dort Zeit mit den Kindern zu verbringen und sie ein bisschen zu beobachten, habe ich aber schnell einen Zugang gefunden, so dass das Schreiben auch für diese für mich neue Zielgruppe gut funktionierte.«

Eine Brücke schlagen zwischen Bühne und Zuschauerraum, das will ROLAND SCHIMMELPFENNIG grundsätzlich mit seinen Theaterstücken, egal ob für jung oder alt: »Als Dramatiker denkt man immer an sein Publikum, glaube ich. Das Publikum ist und bleibt zwar immer eine mehr oder weniger unbekannte Größe, aber trotzdem versucht man als Autor doch sich vorzustellen, ob das Publikum mit dem Text mitgehen kann, ob der Text überhaupt verständlich ist, ob es dem Text gelingt, eine Geschichte zu erzählen und so zwischen der Bühne, den Schauspielern und den Leuten im Parkett eine Brücke zu schlagen. Dies gilt im Grunde für das Erwachsenentheater genauso wie für das Kindertheater. Bei einem Kinderpublikum ist die Herausforderung dabei für den Autor allerdings noch um ein Vielfaches größer, denn es ist als Erwachsener unmöglich, die enorm vielfältige und reiche Wahrnehmungs- und Vorstellungswelt dieses Publikums auch nur zu erahnen.«

Sind die Kinder- und Jugendtheater ein spezielles Arbeitsfeld für die Autoren? Was müssen die Autor*innen über Spielplankonzeptionen, Dramaturgie und Ensemblegeist wissen? Schreiben für das Kinder- und Jugendtheater – Terra incognita oder business as usual? Wir haben die Autorinnen und Autoren nach der Intensität ihrer Zusammenarbeit mit den Bühnen, an denen ihre Stücke uraufgeführt wurden, befragt. Wer ist auf wen zugegangen, welche Wünsche wurden geäußert, lassen sich aus diesen Beispielen modellhafte Arbeitsweisen für eine ›ideale Zusammenarbeit‹ ableiten?

Für MARC BECKER gibt es nur ein klares »Ja« auf die Frage, ob es für den Schreibprozess hilfreich sei, sich enger mit der Praxis der Kindertheater (Dramaturgie und Regie, Spielplan und Publikum) zu beschäftigen.

Für SIGRID BEHRENS, die ebenso wie die anderen Autor*innen (mit Ausnahme von Roland Schimmelpfennig) ihr Stück mittels einer Förderung aus dem ›Nah dran!‹-Projekt entwickelt hat, hat das intensive Eintauchen in die Arbeit des Jungen Theaters Konstanz den Wunsch geweckt, zukünftig häufiger für das Kinder- und Jugendtheater zu schreiben: »Insbesondere die Zusammenarbeit mit Sarah Wiederhold, bis Sommer 2016 Leiterin des Jungen Theater Konstanz, habe ich als unglaublich fruchtbar erlebt. Sie hat sich für mein Konzept begeistern lassen und mit mir die Förderung beantragt; sie hat im entscheidenden Momente wichtige inhaltliche Impulse gegeben und dazu beigetragen, dass ich mir heute wünsche, dem Kinder- und Jugendtheater mehr als nur ein Stück auf den Leib zu schreiben. Soviel zum Mehrwert, den ich bei dieser Zusammenarbeit gewonnen habe, wozu natürlich auch die anderen Kollegen im Haus beigetragen haben: Neben einer sehr engagierten Dramaturgie habe ich insbesondere die Arbeit der Theaterpädagogen zu schätzen gelernt. In ihrer Begleitung haben wir verschiedenen Testgruppen einer Konstanzer Kindertagesstätte erste Auszüge des Stückes vorgelesen; von den unmittelbaren Rückmeldungen der Kinder einerseits wie auch den Gesprächen mit den Kollegen andererseits hat der Text maßgeblich profitiert: Was funktioniert hier, was nicht, wo stimmt das Timing, was ermüdet; wo gehen die Kinder mit, was finden sie witzig, wie stellen sie sich die Figuren und Räume vor? Ich freue mich darauf, dass eben diese Kollegen auch die Inszenierung und deren Rezeption begleiten werden.«

Anders als das Schreiben von Prosageschichten ist für FINN-OLE HEINRICH die Arbeit am Theater eine echte, große Teamarbeit: »Ich finde die Vorstellung fast absurd, da als Autor nicht ›nah dran‹ zu sein. Themenfindung ist das eine, Recherche vor Ort ist mal nötig, mal nicht, aber der Austausch mit Regie, Dramaturgie, Szenographie, Kostüm und ganz sicher nicht zuletzt den Schauspielern ist – eigentlich – nur logisch. Man kann sich als Autor prima an seinen Schreibtisch setzen und sich wunderbare Ideen aus der Hirnrinde popeln, dann fünfzig Seiten Text ans Theater schicken und ein halbes Jahr später zur Premiere kommen. Das funktioniert schon irgendwie, darin sind Theatermenschen ja geübt. Aber ich finde: Wenn es schon einen Auftrag gibt, wenn es einen Autor gibt, der für ein konkretes Projekt, für ein konkretes Team schreibt, dann ist es wunderbar, wenn er Teil der Entstehungsgeschichte ist. Wenn er also bei (einigen) Proben dabei sein kann, selber spürt, welche Ideen Sinn machen, welche Schreibtischtotgeburten sind, wo noch gekürzt, umgestellt, zusammengezogen oder verfeinert werden muss, welche Sätze in welchen Schauspielermund passen, und wo ein Schauspieler vielleicht eine ganz eigene, aber wunderbare Sprache oder Art mitbringt, die man ihm nicht nehmen, sondern die man verstärken muss. All solche Sachen kann man natürlich nur machen, wenn man wirklich ›nah dran‹ ist. Und ich muss sagen: wenn das Team stimmt, dann ist das ein unglaublich schöner, inspirierender, manchmal fordernder, oft euphorisierender Prozess.«

Demgegenüber bringt NORA MANSMANN auch den Gedanken der Distanz ins Spiel und plädiert für einen »Balance-Akt« bei der Zusammenarbeit von Autor*innen und Theatern: »Ich denke, man sollte als Theaterautor*in einen gewissen Einblick in die Theaterpraxis haben, vor allem die Gesetze des Theaters verstehen und wissen, was auf der Bühne funktioniert, und was nicht usw. Andererseits kann auch eine gewisse Distanz zum Theater für einen Text sehr gut und hilfreich sein. Schreiben ist immer ein Balance-Akt zwischen Input/Beurteilung von außen und der Konzentration nur auf den Text und dessen eigene Regeln und Bedürfnisse.«

Weniger die Theaterpraxis als der Gedanke, wie der »besondere Funke« beim Schreiben, wie »Reibung« mit dem Theaterbetrieb entstehen kann, das ist für ROLAND SCHIMMELPFENNIG von zentraler Bedeutung: »Für mich als Autor war es bei dem Schreibprozess vor allem wichtig, mich mit Kindern zu beschäftigen. Mit Kindern, mit Kindheit und mit Kind-sein, auch mit der eigenen Kindheit, mit Ängsten und mit Phantasiewelten. Auch mit den ersten Theatererlebnissen. Man kann als Autor den Weg gehen, ›auf‹ dem Theater zu schreiben, aus der Praxis für die Praxis zu schreiben, ›für‹ das Theater. So kann sehr direktes, wirkungssicheres Theater entstehen, aber aus dem Erwachsenentheaterbetrieb kenne ich, dass dann manchmal die Reibung fehlt, der Widerstand, die kreative Überforderung, aus der die besonders aufregenden Ergebnisse entstehen. Dann springt der Funke gerade aus der Reibung mit Texten oder Stoffen, die sich nicht im geringsten um Dramaturgie, Regie, Spielplan und Publikum kümmern.«

Die Autoren des Bandes

Marc Becker

Geboren 1969 in Bremen. Studium der Theater- und Politikwissenschaften, Neuere deutsche Literatur. Freies Theater seit 1991. Schauspieler, seit 1995 Regisseur und Autor. Inszenierungen an den Theatern in Erlangen, Groningen, und Heidelberg u.a. 2004 wurde er mit dem Preis der Bayerischen Theatertage und dem Impulse-Preis ausgezeichnet. Von 2006 bis 2014 Hausautor und Hausregisseur am Oldenburgischen Staatstheater. Marc Becker lebt in Oldenburg.

Theaterstücke: *U.S. AmoK*, U Kampnagel Hamburg 1999; *My name is Peggy*, U Theater Erlangen 2001; *Margot und Hannelore*, U Theaterhaus Jena 2003; *Wir im Finale*, U Theaterhaus Jena 2004; *Weltuntergänge*, U Staatstheater Mainz 2005; *Don Quijote und Sancho Pansa*, U Theater Erlangen 2004; *Jung und unschuldig*, U Noord Nederlands Toneel 2005, DE Theater Erlangen 2006; *Terrorprogramm*, U Oldenburgisches Staatstheater 2007; *Glück für alle*, U Oldenburgisches Staatstheater 2008; *Meier Müller Schulz oder Nie wieder einsam*, U Oldenburgisches Staatstheater 2009; *Aus der Mitte der Gesellschaft*, U Oldenburgisches Staatstheater 2010; *Im Namen der Sicherheit*, U Staatstheater Braunschweig 2011; *Männer mit Krone*, U Oldenburgisches Staatstheater 2012; *Der Schrei der Sonnenblume*, U Oldenburgisches Staatstheater 2014; *Alles für Euch. Der Autohausschlager*, U Theater Aachen 2015; *Zirkus Pirandello*, U Landestheater Linz 2016; *Die Glücksforscher*, U Oldenburgisches Staatstheater 2016; *Kasper in Teufels Küche oder Das Geheimnis der schlechten Laune*, U Thalias Kompagnons/Tafelhalle Nürnberg 2016; *Luther*, U Landestheater Marburg 2017.

Sigrid Behrens
Geboren 1976 in Hamburg, ist als Deutsch-Französin zweisprachig aufgewachsen. Nach dem Studium der Kunst, Germanistik und Erziehungswissenschaften in Hamburg und Genf lebt sie heute als freie Autorin in Hamburg. Dort macht sie durch Theaterprojekte auf sich aufmerksam, die aktuelle (Raum-)Diskurse reflektieren, z.B. *Platz für eine junge Dame* (Theaterperformance bei IKEA, 2009) oder *Cargopolis* (Theaterinstallation im Hamburger Hafen, 2011). Sie ist Mitglied im Forum Hamburger Autoren und schreibt gleichermaßen Prosa- und Theatertexte. Ihr Romandebüt *Diskrete Momente* erschien 2007 im Carl Hanser Verlag. Für ihre Arbeiten erhielt sie zahlreiche Auszeichnungen und Stipendien.

Theaterstücke: *rapport. Eine Szene*; *Grenzland / ab jetzt. Ein Hörspiel für die Bühne; Unter Tage*, U Mainfranken Theater Würzburg 2007; *Paarweisen. Ein Eiertanz; Fallen. Eine Familienaufstellung in sieben Bildern*, U Badisches Staatstheater Karlsruhe 2006; *Musik der Sterne. Eine Revue* (zusammen mit Jan Dvorak), U Theater Meiningen 2006; *Die Augen/Die Gewöhnlichkeit. Ein Märchen für Erwachsene nach den Gebrüdern Grimm*, U Theater Aachen 2007; *Haustorien oder Deine Küche sieht mir ähnlich*; *En Suite (Allein mit Audrey Hepburn)*; *Ich Krieg Euch Alle*; *Anfall und Ente*, U Theater Konstanz 2017; *Oberwasser (Havariewaren).*

Finn-Ole Heinrich
Geboren 1982 bei Hamburg, wuchs in Cuxhaven auf. Bevor er in Hannover Filmregie studierte, absolvierte er seinen Zivildienst in Hamburg und las in dieser Zeit einem Mann neun Monate lang Tag für Tag die Zeitung vor. Als Autor debütierte er 2005 mit dem Erzählband *die taschen voll wasser*

(mairisch Verlag). Es folgten der Coming-of-Age-Roman *Räuberhände* (2007), der Erzählband *Gestern war auch schon ein Tag* (2009), der Kinderroman *Frerk, du Zwerg!* (2011) und die Trilogie *Die erstaunlichen Abenteuer der Maulina Schmitt* (2013–2014). Noch ehe er 2015 mit *Die Reise zum Mittelpunkt des Waldes* sein erstes genuines Theaterstück vorlegte, gab es bereits Theateradaptionen seiner Bücher und Geschichten. Er wurde vielfach ausgezeichnet, u.a. mit dem Kranichsteiner Literaturförderpreis (2008), dem Preis der Autoren und dem Deutschen Jugendliteraturpreis (jeweils 2012) sowie dem Deutsch-Französischen Jugendliteraturpreis (2014). Finn-Ole Heinrich lebt als freier Autor in Hamburg und Frankreich.

Theaterstücke: *Frerk, du Zwerg!* (Musik: Knut Jensen), U Neuköllner Oper/Internationales Literaturfestival Berlin 2012; *Räuberhände*, U Thalia Theater Hamburg 2013; *Die erstaunlichen Abenteuer der Maulina Schmitt*, U (des ersten Teils) Theater Freiburg 2014, U (der gesamten Trilogie) Theater an der Parkaue Berlin 2017; *Die Reise zum Mittelpunkt des Waldes*, U Württembergische Landesbühne Esslingen/Theater Freiburg 2015; *Ein Helm*, U Theater Hagen 2016.

Nora Mansmann

Geboren 1980 in Friedberg/Taunus. Autorin und Regisseurin. Studium der Geschichte, Musikwissenschaft und Germanistik in Göttingen und Berlin. Hospitanzen und Assistenzen bei Jürgen Gosch, Armin Petras, Ingo Berk, Mareike Mikat sowie bei German Theater Abroad (unter anderem 2004 beim Festival »New German Voices« in New York). Sie inszeniert am Stadttheater und in der freien Szene, schreibt Theatertexte, Libretti, Kinderstücke und gelegentlich Rezensionen. Daneben zahlreiche freie Projekte, offene Formate, Stückentwicklungen, wie der Musiktheaterparcours *Supernova* mit Make Make Produktion, die Stückentwicklung *Goldherz* mit Mareike Mikat am Staatstheater Braunschweig oder zahlreiche Projekte mit Drama Köln, wo sie 2005 mit dem Preis der Jury ausgezeichnet wurde. Ein Fokus ihrer Theaterarbeit liegt auf Inszenierungen, Performances und Erforschungen außerhalb des Theaterraums. Internationale Projekte führten sie nach Israel, Australien, New York, in die Ukraine, nach Italien, in die Schweiz und nach Österreich.

Theaterstücke: *TERRORMUM*, U Städtische Bühnen Osnabrück 2005; *herr tod lädt nicht ein aber wir kommen trotzdem*, U Maxim Gorki Theater Berlin und Städtische Bühnen Osnabrück 2007; *zwei brüder drei augen*, U Düsseldorfer Schauspielhaus 2008; *meeting people*, U Düsseldorfer Schauspielhaus/Habimah-Theater Tel Aviv 2009; *Goldherz* (zusammen mit Mareike Mikat), U Staatstheater Braunschweig 2011; *wir wütenden*, U Drama Köln 2012; *fuchs & freund*, U tjg. theater junge generation Dresden 2016.

Roland Schimmelpfennig

Geboren 1967 in Göttingen, einer der meistgespielten Gegenwartsdramatiker Deutschlands. Er studierte, nach einem längeren Aufenthalt als Journalist in Istanbul, Regie an der Otto-Falckenberg-Schule in München. Seit 1996 arbeitet er als freier Autor, seit 2000 schreibt er Theaterstücke für große Häuser wie das Schauspielhaus Zürich, das Deutsche Theater Berlin, das Schauspielhaus Bochum, das Deutsche Schauspielhaus Hamburg und das Burgtheater Wien. International schreibt er u.a. Aufträge für Kopenhagen, Stockholm, Toronto und Tokyo. 2010 erhielt Roland

Schimmelpfennig den Mülheimer Dramatikerpreis für sein Stück *Der goldene Drache* – die Uraufführung fand 2009 am Burgtheater Wien in der Regie des Autors statt. 2016 wurde sein Romandebüt *An einem klaren, eiskalten Januarmorgen zu Beginn des 21. Jahrhunderts* (S. Fischer Verlag) für den Preis der Leipziger Buchmesse nominiert. *Die Biene im Kopf* ist sein erstes Kinderstück und ist als Auftragsarbeit für die Kunststiftung NRW und das Consol Theater Gelsenkirchen entstanden. Roland Schimmelpfennig lebt in Berlin und Havanna.

Theaterstücke: *Die ewige Maria*, U Theater Oberhausen 1996; *Keine Arbeit für die junge Frau im Frühlingskleid*, U Münchner Kammerspiele 1996; *Die Zwiefachen*, U Münchner Kammerspiele 1997; *Aus den Städten in die Wälder, aus den Wäldern in die Städte*, U Staatstheater Mainz 1998; *Fisch um Fisch*, U Staatstheater Mainz 1999; *Vor langer Zeit im Mai. Einundachtzig kurze Bilder für die Bühne*, U Schaubühne am Lehniner Platz Berlin 2000; *M.E.Z. Monolog für eine Frau*, U Schaubühne am Lehniner Platz Berlin 2000; *Die Arabische Nacht*, U Staatstheater Stuttgart 2001; *Push Up 1-3*, U Schaubühne am Lehniner Platz Berlin 2001; *Vorher/Nachher*; U Deutsches Schauspielhaus Hamburg 2002; *Alice im Wunderland*. Libretto, U Niedersächsisches Staatstheater Hannover 2003; *Das Gesicht im Spiegel*. Libretto, U Bayerische Staatsoper. Cuvilliés-Theater München 2003; *Für eine bessere Welt*, U Schauspielhaus Zürich 2003; *Canto minor* (zus. mit Justine del Corte), U Chilenisches Nationaltheater 2004; *Die Frau von früher*, U Burgtheater Wien 2004; *Ambrosia. Satyrspiel*, Schauspiel Essen 2005; *Auf der Greifswalder Straße*, U Deutsches Theater Berlin 2006; *Angebot und Nachfrage*, U Schauspielhaus Bochum 2005; *Körperzeit* (nach Don DeLillo), U Theater Neumarkt Zürich 2006; *Ende und Anfang* (Trilogie der Tiere III), U Burgtheater Wien 2006;

Besuch bei dem Vater (Trilogie der Tiere I), U Schauspielhaus Bochum 2007; *Das Reich der Tiere* (Trilogie der Tiere II), Deutsches Theater Berlin 2007; *Start Up*, U German Theater Abroad: Performance Space 122 New York 2007; *Calypso*, U Deutsches Schauspielhaus Hamburg 2008; *Hier und Jetzt*, U Schauspielhaus Zürich 2008; *Idomeneus*, U Bayerische Staatsoper. Cuvilliés-Theater München 2008; *Der Goldene Drache*, U Burgtheater Wien 2009; *Das weiße Album*, U Schauspiel Frankfurt 2010; *Der elfte Gesang*, U Schauspielhaus Bochum 2010; *Peggy Picket sieht das Gesicht Gottes*, U Vulcano Theatre/Fleck Dance Theatre Toronto 2010; *Die vier Himmelsrichtungen*, U Salzburger Landestheater/ Deutsches Theater Berlin 2011; *Das fliegende Kind*, Burgtheater Wien 2012; *Wenn, dann: Was wir tun, wie und warum*, U Schauspiel Frankfurt 2011; *An und Aus*, New National Theatre Tokyo 2013; *Hier bin ich*, U Holland House Kopenhagen 2013; *Spam*, U Deutsches Schauspielhaus Hamburg 2014; *Die Straße der Ameisen*, U Compañia del Cuartel Havanna 2014. *Das schwarze Wasser*, U Nationaltheater Mannheim 2015; *Wintersonnenwende*, U Dramaten Stockholm 2015; *Die Bacchen* (nach Euripides), U Theater Basel 2016; *Die Biene im Kopf*, U Consol Theater Gelsenkirchen 2016; *Das große Feuer*, U Nationaltheater Mannheim 2017.

Die Anthologie SPIELPLATZ ist die einzige deutschsprachige Publikation mit internationalen Theaterstücken für Kinder und Jugendliche. Und sie ist, über nunmehr 30 Jahre hinweg, ein Spiegelbild des Kinder- und Jugendtheaters und seiner Entwicklungen – angefangen bei Grips Theater, F.K. Waechter und Einflüssen aus den Niederlanden bis hin zu heutigen Themen und Tendenzen. Roel Adam, Lilly Axster, Ad de Bont, Carsten Brandau, Rudolf Herfurtner, Ulrich Hub, Mike Kenny, Katrin Lange, Suzanne van Lohuizen, Jörg Menke-Peitzmeyer, Wajdi Mouawad, Kristo Šagor, Heleen Verburg und Ingeborg von Zadow – viele der SPIELPLATZ-Autorinnen und -Autoren haben sich über die Zeit einen Namen gemacht, ihre Stücke sind von den Bühnen nicht mehr wegzudenken und prägen das Theatererleben der jungen Zuschauer. Und für Lehrerinnen und Lehrer bietet SPIELPLATZ aktuelle Stücke, die im Deutschunterricht gelesen und mit Schülern auf die Bühne gebracht werden können.

SPIELPLATZ erscheint in jedem Frühjahr und kann auch im Abonnement bezogen werden. Die Bände 1 bis 9 und 11 enthalten jeweils »best plays of the year«, die anderen Bände sind thematisch konzipiert. Hier ein Überblick über die zuletzt erschienenen Bände.

SPIELPLATZ 20: Kinder und Jugendliche spielen Theater. Drei Stücke und drei Konzepte: Rudolf Herfurtner, *Ratzenspatz*; Gerhard Rühm, *die bremer stadtmusikanten*; Hansjörg Schneider, *Orpheus. Szenen aus dem Hades*; junges theater basel, *Der Lauf der Dinge*; Theater an der Parkaue Berlin, *Die Winterakademie*; Theaterhaus Frankfurt, *Auf Wanderschaft*. ISBN 978-3-88661-300-7

SPIELPLATZ 21: Fünf Theaterstücke über Natur und Umwelt: Gioconda Belli/Silvia Andringa, *Die Werkstatt der Schmetterlinge*; Rudolf Herfurtner, *Muschelkind*; Lorenz Hippe, *2050 – ein Tag im November*; Mike Kenny, *Der Gärtner*; Katrin Lange, *Ikar – zu Wasser, zu Lande, in der Luft.*
ISBN 978-3-88661-306-9

SPIELPLATZ 22: Fünf Theaterstücke über Väter und Söhne: Michael Duker, *Patrick Anderthalb*; Josee Hussaarts, *Ikarus! oder Der Himmel ist blau und auch das Meer*; Katja Krohn, *Der große böse Wolf*; Börje Lindström, *Papa!*; Jan Sobrie, *Titus.*
ISBN 978-3-88661-319-9

SPIELPLATZ 23: Fünf Theaterstücke über Tod und Teufel: Rudolf Herfurtner, *Das Geschenk des weißen Pferdes*; Bente Jonker, *1 x Himmel und zurück*; Guy Krneta, *Ursel*; Suzanne van Lohuizen, *Drei alte Männer wollten nicht sterben*; Wajdi Mouawad, *Die Durstigen.*
ISBN 978-3-88661-330-4

SPIELPLATZ 24: Um die Welt. Fünf Stücke aus fünf Kontinenten: Angela Betzien, *Unsichtbar*; Asaya Fujita, *Der Teufel Bekkanko*; Ann Jaramillo, *La Línea – Der Traum vom besseren Leben*; Magnet Theatre, *Jahr für Jahr, Tag für Tag, kein Bleiben*; Ingeborg von Zadow, *Filipa Unterwegs.* ISBN 978-3-88551-338-0

SPIELPLATZ 25: Nah dran! Autoren im Kindertheater: Ulrich Hub, *Animal Lounge*; Katrin Lange, *Freund Till, genannt Eulenspiegel*; Anne Rabe, *Fliegen lernen*; Yoko Tawada, *Mein kleiner Zeh war ein Wort*; Ingeborg von Zadow, *Über Lang oder Kurz.* ISBN 978-3-88661-348-9

SPIELPLATZ 26: Autoren in der Schule: Carsten Brandau/Bugenhagenschulen Hamburg, *Kopftheater oder Alles beginnt immer mit Bewegung*; Paul Brodowsky/Ernst-Haeckel-Gymnasium Werder, *...3..2.1 Glück! Ein Stück Werder*; Lorenz Hippe/Marion Dönhoff Gymnasium Hamburg, *Double Bind – du bist anders als du denkst*; Jörg Menke-Peitzmeyer/Vicco-von-Bülow-Gymnasium Falkensee, *21 Mädels*; Andreas Sauter/Albert-Einstein-Gymnasium Berlin, *Ich suche mich öfter als dich.*
ISBN 978-3-88661-355-7

SPIELPLATZ 27: Fünf Theaterstücke über Mobbing: Jan Braren/Can Fischer, *Homevideo*; Staffen Göthe, *Ruben Pottas Lausiges Ballhaus*; Joyce Carol Oates/Paula Bettina Mader, *Big Mouth & Ugly Girl*; Med Reventberg, *Das kleine wilde Tier*; Kerstin Specht, *Steely Blue.*
ISBN 978-3-88661-361-8

SPIELPLATZ 28: Fünf Theaterstücke über Krieg: Roel Adam, *Der Tag, an dem mein Bruder nicht nach Hause kam*; Guy Krneta, *Legende vom Dolchstoß*; Suzanne Lebeau, *Das Geräusch knackender Knochen*; Per Lysander, *König Heinz*; Volker Schmidt, *Ilias.*
ISBN 978-3-88661-368-7

SPIELPLATZ 29: Fünf Theaterstücke über Geschwister: Ulrich Hub, *Des Königs liebstes Kind*; Finegan Kruckemeyer, *Der Junge mit dem längsten Schatten*; Suzanne Lebeau, *Gretel und Hänsel*; Pauline Mol/Moniek Merkx, *Bison & Söhne*; Kristo Šagor, *Fremdeln.*
ISBN 978-3-88661-375-5

Illustrationen: Philip Waechter